이렇게 나오겠다 이거지,

시인의일요일시집 **018**

이렇게 나오겠다 이거지,

1판 1쇄 찍음 2023년 8월 16일
1판 1쇄 펴냄 2023년 8월 25일

지 은 이 이봄희
펴 낸 이 김경희
펴 낸 곳 시인의일요일

표지·본문디자인 노블애드
경영지원 양정열

출판등록 제2021-000085호
주   소 경기도 용인시 기흥구 연원로42번길 2
전   화 031-890-2004
팩   스 031-890-2005
전자우편 sundaypoet@naver.com
블 로 그 https://blog.naver.com/sundaypoet

ISBN 979-11-92732-09-1 (03810)

값 12,000원

이렇게 나오겠다 이거지,

이봄희 시집

네트를 넘어온 스매싱은
살짝 칠이 벗겨져 있었다

꽤 여러 곳을 튕기며 왔군

그중엔 누구도 받아친 적 없는
싱싱한 풀 스윙도 있었으나

따닥,

이쪽과 저쪽이 서로 아귀 맞으면
또다시 빈 곳을 뚫는,

그래,
이렇게 나오겠다 이거지.

| 차 례 |

1부

2부

3부

4부

1부

투명의 기원

유리도 오랫동안 한 틀 안에서 양쪽을 투영시키다 보면 끝내는 썩고 만다

먼지와 함께 틈새에 끼인 햇살들, 투명도 지치는 일인 듯 부옇게 퇴색한다 변색한 표면을 긁는 화공의 벽화 같은 그림이 있다 그림을 그려 가며 성장했을 유리의 유전자 속엔 하얗게 부서지는 포말이 있고 리아스식해안이 있다 금 간 유리의 모양을 보면 그 기슭의 곡선이 만져진다 확실한 수정의 결정을 찾아 호흡이 곡선을 드나들 때마다 까무룩 따라붙는 이름들, 단단한 침식의 날들이 긴장할 차례다 해풍이 끌고 온 구름의 그늘은 투명을 가두어 놓고 햇볕을 쬐면 하얗게 응결되는 소금의 빛깔을 기억해 낸다 투명을 버리는 바닷물의 짭짤한 결단, 그들은 결코 썩지 않는다 무엇에도 썩지 않는 바람들이다

염전에 모였다가 심심하면 뿌려지는 세상 대부분의 투명은 다 바다에서 왔다

스위치

똑딱,
모든 저녁은 스위치에서 온다

이 말은 가장 짧은 거리일 수도 또는 가장 먼 거리일 수도 있다
빛의 점화를 가진 누군가가 어디서 정적의 궤도를 조종하며 스
위치만을 관리하고 있다는 설이 분분하다

노을을 일그러뜨리고 휘발성 경적을 울리며 머나 먼 거리를 횡
단해 온 별, 야행의 순간들을 똑딱, 소리 나게 조명한다 그 시간
이란 너무 길어서 몇 트럭의 전선을 연결해도 못 켠다

과학자들은 새로운 별을 찾아내면
그 별의 스위치부터 찾는단다

하루 몇 번씩 전선에 묻어나는 별의 닻 소리 인광은 박피의 지
문에 반들거리고 똑딱, 푸른 수신호에 수시로 몸을 끄덕거리다
가 수많은 별을 품는 모난 잠들

스위치를 위로 올려 켜는 곳에
황홀한 저녁이 있다고 믿는다

때론 설비업자가 거꾸로 달아 놓은 아침과 저녁이 있다고 한다
거대한 톱니바퀴를 거뜬히 돌리고 가로수들의 소실점을 뿔뿔이
켜고 더러는 모진 날들의 한쪽에 굳은 바람으로 거주하는 저녁
과 소실점과 몇 억 광년 떨어진 별의 점등

희미한 별의 명암을 밝히는 키가
다름 아닌 우리 집 벽에 똑딱, 붙어 있다

이렇게 나오겠다 이거지,

봄, 막무가내로 뚫고 나오는 것들
정말 이렇게 나오겠다 이거지

어디 눈 똑똑히 뜨고 보고 말 거야, 겨울의 은닉술들이 예상치
않은 보도블록 틈에서, 나뭇가지 끝에서, 양지에서 허락도 없이,
선전포고도 없이 막 나오겠다 이거지

생의 고수들 앞에서 하수에게나 통할 감언이설로 구구절절 허
투루 야멸찬 앞날을 논하겠다 이거지

두고 보자는 말 무섭지 않지
어디로 갈지, 말도 않고
제풀에 자취를 끊고 꽁무니 뺄 것 다 아는데
뾰족한 수도 없이 고작 따뜻한 햇살 하나 믿고
대책 없이 밀고 나오는 봄의 앞잡이들

그 최후의 순간을 아는지 몰라
과신은 때로 낭패의 원인이기도 하지

무지하게 변덕 심한 햇살이 열백 번 쨍쨍해도
발등 한번 안 찍히는
저 꼿꼿한 혈기와 두둑한 배짱

왠지 그것들에게 코를 얻어맞거나
멱살을 잡히고 싶은 날이지
어이없이 멍하니 감탄만 할 뿐인
봄날의 현란한 시비 같은 거지

증기기관차가 있는 골목

골목에는 증기기관차가 달리고 있다
주인은 늘 입석이다
종일 무심히 지나치는 창밖의 구김들

칸칸마다 상의와 하의가 걸려 있는 옷걸이 하나만 있으면 아무
리 만원이어도 불평이 없다 첫차로 출발해서 막차로 끝이 나는
골목, 누구의 옷에도, 하루의 일상에도 기관차는 지나간다

칙칙, 증기를 뿜으면서
구겨진 소실점을 향해 플라타너스 잎을 펴고
먹구름 투척이 말끔해진다
다시 물 보충을 하고
느슨한 밸브를 꽉 조일 때마다
증기는 안개꽃으로 증발한다

군데군데 얼룩진 꽃
무더기로 피어나는 순환 열차 노선은 뜨겁다
행선지마다 빨래가 걸려 있고

주인은 간이역처럼 늙었지만 얼룩진 언덕을 거뜬히 올라
구겨진 악천후를 뚫고
치이익 칙, 힘차게 달린다

소나기

우리 동네 남동상회 주인 남동팔 씨는
지독한 구두쇠다
전라도 어디쯤에서 나긋나긋한 철물 노동하다가
두 다리에 시큰시큰한 철근 박아 넣고서
충청도하고도 묵사발 유명한 구즉동에
허름한 구멍가게 열었다

주위엔 쇳가루에 묻어 온 마파람이
말뚝 박을 곳 두리번거리다 우뚝 선
참나무 군락이 있고
언저리로 밀린 잿빛 구름이
햇살에 항변하는 담채화 같은 풍경이 있다

알밤, 꿀밤 같은 꿈 찾아 굴러온 비탈진 마을
하루 매상의 삼분지 일은 외상이다
두꺼운 치부책 속엔
막걸리와 소주, 새우깡 같은 오후와 공친 날,
궂은 날씨가 빽빽이 적혀 있다

한창 개발 중인 공사장
손가락에 침 마를 새 없이 발라서
대각의 장대를 무더기로 세우는 인부들
외상 장부에 빗금을 그으라는 무언의 신호에
땡볕 호박잎처럼 갸우뚱 시든다

소나기를 피할 방법은 없는 걸까
사철 우기인 그에게 변변한 우산 하나 없으면서
그가 더 안타까운 건
소나기 죽죽 내린 온갖 장부 명목에
가위표를 만들 어긋난 심사까지 없다는 것

얼마 전, 이름을 남동풍으로 바꾼 그가
비탈 돌아 소나기 밀집한 도시가 생겼다며
바람 따라 이름 따라
X표 확실한 신도시로 떠났다는 후문이다

롤러코스터

놀이공원엔 비명이 꽃핍니다
대체 어떤 믿음이 저리 비명을 질러 대는 걸까요
어떤 무모한 믿음이 구심력과 원심력에 매달려
아찔한 생을 소진하고 있는 걸까요
밖으로 튀어 나갈 수 없는 이 놀이는 무섭습니다
현기증을 다독이며 회전하는
공중의 수를 서서히 줄이기로 합니다
훌라후프처럼 돌리고 돌리던
저녁의 둘레를 줄이면
둥근 공포는 야광으로 빛날까요
노랗게 질릴수록 안전 운행을 믿지만
믿어서 더 무서운 일들이 일어나곤 합니다
힘이 센 믿음에서 이탈하고 싶어도
굴곡의 운행은 중도하차를 절대 용납하지 않습니다
끝까지 존재의 끈을 놓지 않고
기어이 튕겨 나간 방식으로 지킨 일생이라면
저렇게 즐거워도 됩니다
현란한 굴레를 휘돌리던 바퀴들의 공중

즐겁던 아비규환이 조용합니다
어떤 황홀한 절정까지도
저리 가볍게 내려놓을 수 있었으면 좋겠습니다
놀이기구 밑엔 비명들이 즐비하고
비명은 즐거움과 고통의 두 가지 방식입니다
구심력으로 밀고 원심력으로 배신당하는
이 아찔한 일생의 놀이
아이들은 일찍부터 배우려 합니다

검은 아버지들

그때 그곳의 가장들은 모두 얼굴이 검었다 지하가 어두웠고 무거운 지하의 힘으로 나라도 사람들도 살아가는, 도처가 검은색으로 발광하던 때였다

여자들은 땅속에서 올라온 탄 덩이와 돌을 분간해 내는 선탄 일로 검은 화장 일색이었다 다른 데보다 검은 밤이 더 길었던 곳, 갱부의 헬멧엔 아스라한 은하의 별들이 매달려 있었지만 별들이란 꼭 멀리 있는 게 아니어서 눈앞의 어둠을 밝히는 데도 급급했다

굳세게 달려간 은하 갱도 650, 등에 걸머진 동발을 막장마다 세우고 금길 뚫는 발파쯤은 서슴지 않는,

은하계로 가는 길은 좁고도 멀었다

검은색은 힘이 세었고 흰색은 비웃음거리에 불과하던 시절, 광산미는 양이 차지 않는 걸까 얄팍한 간주마저 뭉텅뭉텅 잘라 먹다 끝내는 이색의 동색이 혈전을 벌이던 곳,

방진 마스크를 쓴 아버지들의 채굴기, 지금도 깊은 갱도 하나씩 숨결 사이에 숨겨 놓고 육탈의 끄트머리에서 컹컹 검은 기침을 하며 별무리처럼 허공에 떠 있다

묶인 파라솔

골목 입구 편의점 앞에 펼쳐 있던
몇몇 파라솔이 배추 묶이듯 여름을 오므려
탈색된 한철을 접어놓고 있다
밤을 설치게 하던 뜨거운 바람이
가을에 기댄 괭이잠까지 둘둘 말았다

어떤 그늘도 걷어 내지 못했던 시절
넓고 탄탄한 막들이 반기처럼 펄럭였다
여름이 계절을 모두 흡수하기도 전
시원한 그늘막은 쉽게 철거되었고
타오르는 빛줄기도 서서히 막을 내렸다

함부로 살 끝을 스쳐 지나는 바람에도
온 힘으로 중심을 잡은 한때가
입을 봉한 채 길모퉁이에 누워 있다
묶인 파라솔 안쪽엔 그늘이 가득하다
드리워야 할 그늘도 필요 없는
쌀쌀한 바깥들과 빈 의자들이 춥다

집으로 들어가는 차디찬 바깥의 말들이
겨울 동안 안쪽의 말이 되는 것처럼
몇 섬의 바람이 한 단 배추에 얼어붙었다
얼음에 응집될 투명한 밀어들이
종알종알 파라솔 곁을 서성이고 있다

질문

나이가 서른이 넘으면서부터
어떤 질문에도 손 들지 않는다
주위가 느슨한 틈을 타
몇몇 질문들이 도망쳐 숲이 되었다

숲엔 제멋대로 계절이 찾아들었고
바람만 불어도 저요, 저요 다투어 손을 든다
내 피를 빨게 할 수는 있어도
내 살을 나누어 줄 수는 없다
뾰족한 침과는 친구가 될 수 있지만
송곳니들과는 식성을 나누고 싶지 않다

숲은 바람의 허리를 휘어잡고 실랑이한다
호랑지빠귀 목청을 나는 아직도
이해하지 못하는 질문으로 듣고 있다
나무 그늘에서 뒤척이던 바람을 데리고
무성한 질문들이 산 아래로 내려간다

마을은 이해의 숲을 끌어당겨
정답을 찾느라 분주한 호흡의 자리마다
푸른 뼈가 있고 가시가 돋는다
두 다리를 쭉 펴고 싶지만
꼬리에 꼬리를 무는 묘연한 의문들
본색을 감춘 일상을 문득문득 만난다

한 질문 속에는 모르는 사람도 섞이고
어떤 대답 속에는 아는 사람도 있을 터
난생처음 보는 얼굴의 아이를 낳고
전전긍긍 안간힘으로 키우면서
낯익은 얼굴이 될까 봐 불안해한다

서로 얼굴이 익어 간다는 건
사라지는 얼굴이 된다는 것
모르는 질문이 파고 들어와 가족이 된 것이다

노루발

노루가 뛰어다니던 방에서 자랐다

엄마는 늘 뒷모습으로 기억되는데, 들들들 노루발 소리가 자연 숙제의 정답 칸에서 자주 뛰어다녔다 방 안은 음지였지만 노루발 근처는 언제나 환했다 온갖 천이 노루발 속으로 밀려들어가는 아침이면 집 부근에는 흰 눈을 박으며 간 노루 발자국이 길게 이어져 있었다

아마도 봄은 그 자국이 끝나는 곳에 있을 것 같았다 옷 모서리가 새로운 방향을 틀 때마다 오솔길과 미끄러운 실개천을 건널때마다 봄날 어딘가에 숨어 있다는 사향노루의 꽁무니 향기가났다 눈 걸친 바람꽃이 햇살에 미행당하는 언덕배기에서 환한 구름을 날래게 내닫다 힐끔힐끔 뒤돌아본다는 노루

엄마는 어깨를 숙이는 일을 생업으로 삼았다 뿔을 양보한 곳에 수컷을 두고 빠른 질주력으로 끝없이 뛰는 노루발을 좇느라 어떤 날은 계절을 깊이 역류하다가 낯선 모퉁이에서 곤두박질을 쳤다 동굴 같은 구멍이 뚫리고 멍든 살 속에 돌멩이가 박혔다

온순해서 풀만 씹으며 느슨한 노루발 같던 엄마는 일생 노루를 잡고 싶었던 걸까 아니면 무작정 따라다니고 싶었던 걸까 무심히 풀어놓은 허름한 나날들을 또 달리 화사한 무늬로 지어 놓곤 했다 선명한 실밥 자국 욱신거리는 앞섶들을 떠나 지금은 먼 산속에 은둔 중인, 노루가 지나간 아침이면 눈발은 한 벌 두툼한 외투가 된다

지난 계절을 기운 헝클어진 날씨가 폭신한 옷으로 가지런히 개어져 있는

알딸딸하다는 말

폭염에 꺾여 있던 모종들이 시원한 비를 만나 꼿꼿해지듯 알딸딸해진 엄마가 풀 죽어 있던 마음을 곧추세우던 그 말,

알딸딸, 알딸딸하게 웃던 엄마

평생의 주적 같은, 지긋지긋한 소주 몇 잔 마신 엄마가 용기 백배 아버지에게 대항하던 그 알딸딸한 배후, 혹은 산길에서 만난 알딸딸 빨개진 산딸기들의 오글거리던 알갱이들처럼 휘청거리고 들뜨는 기분은 어디서 오는가

열아홉, 처음 마신 불
그때 내 마음속엔 딸기 덤불이 알딸딸하게 가득 얹혀 있었다

이 덤불 걷어 내는 방법 어디에 있을까 물어도 답이 없는 불씨에, 돋는 화를 시든 풀섶에 꽂아 놓고 향긋한 날 찾아 폴짝, 가시 숲에 착지한 청개구리 그때, 골 깊은 두렁에 번지는 불길을 엄마는 어떻게 쓰러트렸을까

그 길을 찾다 여기 어디쯤, 야들야들 몇 모금 저녁 이슬에 맺힌 날들이 발그레 물든다 빛깔에 이제 막 익을까 말까 망설이는 과일의 그때처럼

  아딸딸 알딸딸

함성

넝쿨처럼 엉켜 있는 고함 소리, 아무리 털어 내도 빠지지 않는 난청의 봄이었다

천수만 씨 귀에는 삼십 년도 훌쩍 넘게 함성이 살고 있다 처음에는 양쪽 귀에 살다가 어느 날부터는 한쪽으로 몰렸다 혼자가 아니라는 말이다 그러나 그는 긍정적인 사람, 그 소리를 알람으로 사용했으며 어느 때는 신나는 음악으로도 사용했다 인정 많은 수만 씨, 소란스러운 한쪽 귀에다 소들을 묶어 두고 수만 평 대지에 훌쩍훌쩍 씨를 뿌렸다 소리 없이 사라진 이름을 골라내곤 나직이 불러 보기도 했다 우직하고 천진한 이름들, 고삐를 풀고 나온 시간들이 푹푹 빠지는 논을 방문한 계절, 소의 굽을 따라가다 멈칫한 고랑엔 몰려서 말라 가는 빗물이 고여 있다

천수만 씨 머리가 한쪽으로 기우뚱 쏠린 건 함성이 무거웠거나, 한때 스크럼을 짰던 어깨들이 여전히 윙윙거리며 고함을 질러 대기 때문이다 곡괭이는 너무한다 싶어서 괭이자루만 들었고 우르르 쏟아지던, 눈에 보이지도 않던 치명들이다 함성들 사이 자욱하게 연막을 치면 한창 피어오르는 꽃봉오리들 연기에 눈

물쳐 오므라들었다 더러 천둥을 동반한 작달비가 장미꽃 시들어
가는 골목집 담장을 황급히 두드리며 지나갔다

　천수만 씨 귀에는 광장이 있고 깃발이 펄럭이고 지지직거리는
주파수가 있다 무슨 말인지 알 수 없는 주파수의 볼륨을 높여
그날의 서슬에 귀를 기울인다 어지러운 달팽이 속에서 천수만의
길고 습한 사연들을 또 훌쩍훌쩍 빨아들이는 그때의 함성들, 모
두 천수만 씨의 귓속으로 묻혔거나 여전히 피신 중이다

지루한 공방

탁구는 왜 아깝게 놓치는 것들로
점수를 정할까
그러니까 나를 비껴간 것들
빠르기만 했지 속없는 껍질들이라고
다시 파이팅을 외칠까

왜 먹어 놓곤 아까워서 다시 내놓을 수도 없는
헛헛한 공복으로 나이를 정했을까
딱 똑 딱 똑 주고받으면서 상대의 헛손질 쪽으로
무수한 찰나를 떠넘겨야 하는 기술

열, 열하나, 집착했던 승부마다
스매싱, 드라이브, 커트
흰 공을 받은 아침이 다시
빨간 공으로 되받아넘기는 저녁까지
지루한 공방의 네트플레이

그러는 사이 놓친 나이를 주우러

깊게 또는 얕게 팔방으로 뛴다
구석으로 네트 밑으로 우왕좌왕하다가
아득한 방파제 끝으로

끝내는 링거의 바늘 끝에서 딱 똑 딱 똑
떨어지는 랠리의 기억들,
온갖 고비들 사이를 헤치고 평로를 찾는다
공수를 매번 바꾼다면 듀스가 끊이지 않겠지

규칙대로 일정하게 가다 보면
영원한 랠리를 할 수도 있을 거라는
불투명한 약속들을 손안에 꼭 쥐고
다시 탁구공에 숨을 불어 넣는다

튕겨 나간 약점들이 바로 돌아오길 기다리며
절묘하게 날리는 결정타 한 방
견고한 수비망을 뚫고 비행할
종지부, 그 처음의 하얀 공을 향해

공평한 장애

태초에 어떤 행동이 있었으며
팔과 다리가 생겼습니다
처음엔 단지 몇 가지 동작만 팔다리에 붙었습니다
그러다 기하급수적으로 불어나
감당할 수 없을 만큼 무거워지기도 합니다

기나긴 철길을 끌던 어느 날
열차의 횡포에 섬뜩 멈춘 그의 양팔은
버거운 앞날을 가늠하고
일찌감치 아주 멀리 떨어졌나 봅니다
때로는 그보다 끔찍한 일들이
수족에 달라붙을 수 있을 테니 말입니다

한동안 질곡을 잘 아는
위무에 젖은 손에서 살들이 떠나고
부위들은 역할을 나누기로 마음먹었을 겁니다

하마드투, 라켓을 입에 문 그에게 탁구공은

통통 가볍고 둥근 말이자
정곡을 꽂는 스매시 발언일 것입니다
세상엔 입만 뜨는 경우가 있습니다
실행은 바닥에 주저앉고
수手 없이 굴려 부르튼 입은
누군가의 족쇄를 풀거나 채우기도 합니다

그 입이 휠체어의 성한 팔과 메달 내기할 때는
멀쩡한 사지들이 오그라들었습니다
사라진 것들을 편견에 드러낸
없는 것끼리의 경기가 공평하기 때문입니다

흑백

그해, 컬러텔레비전 시험방송이 있었다 연예인들이 우리와 같은 색의 옷을 입고 있다는 것이 신기했다 컬러로 봄이 오고 있었지만 교실은 흑백에서 흑백의 교과를 배우는 날들이었다

느닷없이 빨간 폭풍이 중계되었다 방송국이 불타고 흑백의 피가, 붉게 흘러나오던 친구들이 다시 영정 속으로 들어갔다 불행은 흑백이어도 좋았을걸, 컬러로 만나는 이 환한 죽음들이라니, 불길 속에서 맞서던 검은 연기와 오열하는 흰 연기들, 어떤 진실도 송출되지 않던 컬러텔레비전 시험방송 기간, 해가 바뀌고 아무 일 없다는 듯 온 나라가 총천연색 봄을 정식으로 맞이했다

사라진 흑백들은 다 어디로 갔을까 드문드문 빈자리의 교실에서 언제나처럼 단색으로 앉아 있던 우리들, 목련이 지고 라일락이 피고 사라진 친구들이 빨갛게 불리던 다음 해인가 아니면 그다음 해였던가 교복 자율화가 되었지만 몇몇 친구들은 여전히 가쿠란과 세일러복을 입고 있었다 컬러를 거부한 이들이 사각의 틀에 갇힌 지도 수십여 년, 눈물조차 훔칠 수 없는 소매 깃엔 사슬에 묶인 무색의 시간들이 줄줄이 감겨 있을 것이다

2부

흘수선

눈 내리는 포구에서 졸던 목선들이
말뚝에 매어 놓은 소처럼
찰박찰박 되새김질한다
흘수선은 악기다
물의 악보를 가장 잘 이해하는 너울성 타악기다

소 울음 가득 품은 장구의 북편
소금기에 절은 궁채가 수면의 음표들을 칠 때마다
북과 워낭은 각색의 화음을 이루며
넘실넘실 소리를 곱새긴다

옛날 사람들이 짐승의 목에 단 악기
소의 목에서 딸랑대던 방울과
긴 밧줄에 묶인 배들의 목전에서 들리는
한가한 박자엔 눈발 성근 포구의 오후가 있고
파도를 삭이는
뱃사람들의 따뜻한 잠이 들어 있다

풍랑에 겨워 출항을 머뭇거리는 흘수
·비스듬히 누운 돌껫잠을 푸른 물이 뒤척거리면
출렁이는 꿈은 얽어맨 축승縮繩처럼
가닥이 여럿이다

몇 해가 지나도록
소리의 가닥을 잡지 못한 장구재비도 있다
조롱목을 조였다 풀며 해안을 거닐다가
불현듯 모래톱에 걸린 병목의 시간은
정동쪽 끝으로 침몰해 간다

포구에 눈 내리고
물은 무료한 건드림을 쉬지 않고
밧줄은 현악기의 줄처럼 팽팽해진다
물 밖과 물 안쪽이 만나는 곳
저리 폭신한 자리도 없으리라

밧줄과 포슬포슬 내리는 눈

먼바다 조업에서 돌아온
뱃사람들의 나른한 아랫목과
포구로 돌아가는 물살의 운우지정
고요한 듯하지만

목선엔 쉬지 않는 박자가 생물처럼 들어 있다
악사의 채 끝을 타는 음표들이 팔딱거린다
삐걱거리는 물 위에서
울렁울렁 떠 있는 수평선이 보인다

꼬리의 감정

고양잇과 동물들은 하나같이
꼬리에 감정을 둔다
온몸이 침체할 때도 늘 깨어 있어
종일 중심 잡기에 열중이다

가끔씩 지치는 순간이면
뒤에서 앞쪽의 균형을 살피다가
급커브와 날렵한 순간을 묶는다
우왕좌왕 방향을 잃었다가
꽁무니에 쏜살같은 힘을 싣기도 한다

척추의 연장선 어느 지점에서
부러진 세월을 바로잡듯
거친 숨비 소리 밤새 가라앉히고 나면
또다시 꼬리에서 해가 뜨고
고깃배 지나고 파도치는 곳

태양의 살갗에도 붉은 털이 나 있다

포말은 흰색 줄무늬 보호색 같다
백팔 계단을 환희로 감아 오르며
오얏꽃 천장을 빠져나온 한 줄기 불빛
야행성 슬픔의 골목을 비춘다

한시도 게으를 수 없는
동물의 꼬리는 어째서 동쪽일까
더러 사나운 날이 있어
피항의 배들이 잠시 조업을 미룬 선착장
조바심에 휠 것 같은 미골을 다잡으며
한 움큼 털이 빠져나온다

털갈이를 할 때인가 보다
저 위 머리까지 혈맥이 잘 통하도록
텁수룩이 자라난 꼬리도
시원하게 참빗질을 해야겠다

묵의 평전

묵은 펄펄 끓는 것으로 살고
차갑게 식으면서 죽는다
어디에 부어지든 그곳이 관이다
관의 형상으로 굳으므로
그에게 생전의 모습이란 없다
단 하나의 뼈도 없으면서
야들야들 골격을 유지한다

한때 앙금의 힘으로 버텨야 하는
푸석한 날들이 있었다면
가파른 여름의 끝에서
끈덕지게 달여야 미끈하던 응어리
엄지손가락이 푸른 물로 고여든다
이렇게 조심스러운 끼니가 있을까
이처럼 힘없는 낭패가 있을까
작물의 대궁들이 허리까지 숨기면
못 박인 손길이 더욱 바빠진다

풋 여문 알들, 우리들의 공복은
진하게 무르익을 때를 기다린다
구부러지고 늙은 뼈를 화장한 뒤
묵 한 사발 시켜 놓고
컬컬한 울음의 뒤끝을 꿀꺽꿀꺽 삼킨다
죽은 목숨이든 산목숨이든
젓가락 사이에서 묵은 생물이다

누군가의 관을 들 때 묵을 집듯
조심스러운 손길에 따라
열매에서 가루가 되고
가루는 팔팔 끓어 넘치다가
다시 하얀 사발에 담겨 굳어 가는
저 한결같은 묵만 같아라

목화솜 성경책

늙은 목회자의 성경책
쪽마다 퉁퉁 불은 구름이 끼어 있다
무수한 말씀을 반복한 입술이 트고
손끝이 갈라지고 그 틈에서
양털로 자라는 목화꽃처럼
한 세상이 몽글, 부풀어 있다

곳곳에 흩어진 가라사대로 엮인
두툼한 한 권의 책
습관처럼 수없이 여닫다 보면
몇 장 몇 절 또는 어느 편 편에서
길 잃은 양들이 울고 있다

말씀을 실천하는 일이 곧 기적이리니
구름엔 초록의 여름이 가득 차 있다
목화의 보풀이 뭉쳐지듯
양들은 뒤뚱뒤뚱 살이 찌고
목자는 중얼중얼 암송으로 부풀린다

구름이 꽃들에게 방향 튼 어느 날
꽃물 흐른 자리에 앞발 모으는 양떼
세상의 꽃들이란
잘못 만져 생긴 모양 같아도
장장마다 반듯한 성경책 끄트머리로부터
목화솜 진언들이 피어난다

꽉,

홍합은 물의 끝에 모여 산다

　물의 막다른 이 해안을 골목이라고 명명한다 몸속으로 밀려오는 공복의 한쪽, 돌부리에 걸터앉아 파도의 추격을 따돌린다 기회주의로부터 급격히 밀어닥치는 물결의 이동을 벗어나 이글거리는 공중의 햇살에 집착한다 파도들의 무모한 격언을, 자신의 생애에 칼끝을 들이밀 채취의 순간을 기다리듯 홍합은 골똘하다

　썰물의 시간쯤은
　꽉, 입을 다물면 된다

　왜 말 많은 약속들은 포만의 성질이 아닐까 말하지 않으면 부럽지도 배고프지도 않다 물목 한편에서 물벼룩 파다한 날들이 파도의 뿌리보다 뻣세다 물길은 사납고 꽉 닫힌 것들은 질기다 어디에든 달라붙어 쉽사리 속내를 드러내지 않는다 파도의 안쪽을 말없이 걸러 내며 검은 밤을 양쪽으로 덮고 말랑한 속살들이 견딘다

게딱지처럼 붙은 집엔
불빛도 다닥다닥 켜진다

알싸한 끝물과 어우러진 붉은 일상 그래도
오골복작 끓이면 시원한 맛으로 산다

달팽이들의 점자

양팔은 무안한 듯 수동적이다
점자를 배워야겠다
손을 다듬어야겠다
문맹의 어깨를 감각으로 맹독한다
고작 팔 하나 돌리면 닿을 것 같은 그곳이
먼 거리였다는 걸 알게 될 때
묻는다, 저릿한 왼쪽 어깨의 행동에 대해
협치하지 않은 반신에 대해

역설적 질책으로 풀고 또 푼다
시큰거리는 팔을 뻗어
여기저기 저리는 문자를 찾다 보면
문득, 시력이 필요 없는
달팽이 한 마리 집어넣고 싶다
스멀스멀 자판 위를 누비는
느릿한 점자들이 조합한 힘
이탈을 걱정하며 몸의 밀착만을 고집한다

미처 독해하지 못한 어눌한 손끝에
가물가물 숨어 있는 회오리들
촘촘한 행간, 뻐근한 살 속에 파고들면
서로서로 시원하다
몸의 아픈 곳곳은 백지의 공포이고
그것을 속속들이 추려내는 것
섬세하게 익힌 민감한 손맛이다

도르래 도시락

나무도 파릇한 도시락을 먹는다
꼭 떨어져야 이기는 싸움처럼
꼭대기들은 열매를 툭툭 내려보낸다
간혹 마른 바람이 잎맥을 짚고
어설픈 처방을 내릴 때면
이상의 해법을 물관에 실어 올리는
보이지 않는 도르래가 있다
몇 년 동안 위를 먹여 살린
갖가지 도시락을 나른 것처럼
봄과 가을이 번갈아 오르내린 나무들
바람을 재운 잎들이 콜록거리며
공기 한 그릇으로 끼니를 잇기도 하고
빗물이 떨어지면 푸른 시절을 찾는 듯
성긴 빗방울들 자분자분 다독인다
하루가 가고 한 달이 지나
그들의 우듬지에 걸쳐 있던
뭉게구름 가벼워지기까지
줄곧 아슬아슬한 고공의 날들

촉촉이 읽어 나가는 건
다 바닥을 먹여 살리려고
서로의 꼭대기들이 싸우는 것이다

쇠똥구리 지구론

돌아볼 새 없다
쇠똥구리 쇠똥 경단을 굴리며 간다
미물이라고 무시하지 마라
저래 봬도 지구를 배워 실천 중이시다
앞날이 무섭다고 염려들 하나
쇠똥구리는 앞이 보이지 않아
앞날 따윈 무섭지 않다

우시장 가는 소들의 흐린 표정 사이로
경단을 다칠까 조마조마하다
인정사정 보지 않는 발굽들
깜깜한 앞날이 훤한 소들에게
발굽 밑 안위란 없다
치열한 노역의 순례
천문과 요행을 통틀어 협업 중이다

보수한 경단을 굴리는 동안
자신의 몸속에 날개가 있다는 사실을 잊고 있었다

장기長技는 노동이자 재산이다
대형 비치볼을 떠받들고 가듯
물에 빠져 허우적대면서도 끝내 놓지 않던
지구집*에 대한 애착
나뭇가지에 걸쳐 앉은 노란 낮달 해쓱하다

미래를 이주시키는 여정이 끝나고
종種의 새로운 행성을 찾아
활짝 편 날개 푸르르 날아오른다

* 여행가 한비야가 '지구촌' 대신 사용한 용어

과녁의 지느러미

활시위를 당긴 사람이
한쪽 눈을 찡그린다
그 시야 끝에 도드라진 과녁을 두고
참았던 호흡을 풀어
지느러미로 날려 보낸다

빗나간 지느러미 끝
푸른 호수에도 과녁은 있다
바람을 가른 것들이 명중한 자리마다
파문은 있기 마련이므로
시위를 삼킨 지느러미가
빠르게 유영하며 물탕을 친다

세상의 과녁들이란
찡그린 것들의 끝에 있다
이른 봄, 찡그린 날씨가 활짝 펴지며
피어난 노오란 꽃술의 과녁들

사방 에워싼 담담한 긴장과
안도의 호흡을 몇 차례 반복하다
초조한 순간들을 호수 건너로 훅,
찡그린 발사체로
멀리까지 날아가는

제 살갗 깊숙이 약점을 은폐한
정정한 나무들의 속내를 들여다보라
아직 정곡을 찔리지 않은
과녁이 겹겹으로 모여 있다

나눔의 밀도

서쪽 하늘 밑으로 노을을 분리한다
앞산과 들판, 물고기 역류하는
얕은 강도 구역구역 그려 넣고
구불구불 분방한 길들은 풀숲에 숨기거나
가을 햇살에 갈래로 나누었다

언젠가 헌 옷을 수거함에 버리다가
베개는 수거목록에 없다는 말을 들었다
버리는 일에는 분류가 있어
어둠에 뒤척이던, 움푹 꺼진 잠을
다시 들고 나온 적도 있다

꺼진 잠을 살리려 솜틀집을 다녀왔다
한동안 가라앉은 꿈들이
폭신한 수면에서 활기를 띨 때
잠시 어둠의 용적률이 궁금해졌다

빛의 면적이 넓어진다는 건

생각의 틈이 좁아진다는 것
상표가 딱 붙었거나
이물질이 담긴 플라스틱 통들이
재활용 수거함에 구겨져 들어간다

몇 대의 자동차와 가로등
주유소 불빛만 빼고
억지로 우겨 넣는 확장력을 가늠해 본다
나눔의 밀도가 낮으면
아무리 배출하고 싶어도
막상 수거되지 않는 것도 있다

우산 밑도 젖을 때가 있다

크고 튼튼한 우산도
밑이 젖을 때가 있다

사선의 빗줄기가 지나간 눅눅한 밑
그와 같이 땅속도
마를 때가 있고 젖을 때가 있을 것이다
하관을 위해 산역꾼들이 판
땅의 깊이는 산 사람의 키 높이다
그 정도면 빗물도 한겨울도 닿을 듯 말 듯한
그러니까, 이도 저도 아닌
고작 반나절 삽질 끝이다
영영 끝나고 마는 죽음의 깊이다

꿈도 어쩌다 비에 젖으면 의식 없는 것들을 우산 씌우는지 가
끔은 현몽하는 망자들이 우산을 접으면서 마루 끝에 걸터앉는다

잠시, 우산 밑을 더듬는 사이
공중의 기척은 자욱한 안개로 바뀌었고

열대성 우기와 계절풍의 건기가 서로 눈을 맞춰
뼈의 기후로 다져진다

무덤 속은 미필적 고의로 썩어 간다
사람을 빠져나간
한길 사람의 깊이 속에서 일어나는 일이다
땅속 맨뼈들도 여름엔
무더울 때가 있을 것이다

회피

꼭 무슨 가죽의 한 종류 같다
무두장이들이 두들기고 두들겨
부들부들해진
그러나 맞은 만큼 질겨진 그런

별나지 않아도
가죽에 눈 달려 있으면 얼굴이다
지퍼를 달면 가방이고 깔창을 붙이면 신발
빈 나무통을 갈고리로 엮으면 장구다

탄성의 내재율을 안기는
껍질들의 활약으로 소파가 된단다
한껏 부드럽다가도
또 한껏 사나워지는 건 다 눈빛 때문이다

얇거나 두꺼운 가죽의 두께를
매의 눈으로 포착한다
두께의 선택을 주저하는 초보들이

눈치를 살피는, 회피란 세상 어느 곳에도
어떤 마음에도 눈길 두지 않고
오롯이 숨기는 일이다

금단의 영역을 넘은 소리들이
유세와 위세 사이를 오가는 자리
비릿한 냄새 진동하는
가난한 무두장이에게
반반한 살가죽의 용처를 물어볼 일이다

결치의 자판

컴퓨터 자판 하나가
쏙 빠져나간 자리
아무리 찾아도 자음 하나가 빈다

주렁주렁 달고 왔거나 쫓아온 결치들의 사연도
결정 요소에 자음 하나씩 빠져 있다
결缺이라면 이골이 나 있다고
결치와 결손은 다 입 벌리고
우물거리며 속 보인다

움푹 파인 옆자리 고르지 못한 치아들
귀퉁이에서 나눈 얘기는 바람에 새어 나가고
함부로 쏟아 내던 웃음들은
까르릇 멎은 지 오래다

어둡고 답답한 곳에서도
그토록 당당하더니
이젠 외진 구석에서조차 안 맞는 자음으로

콕, 박혀 있을까
결缺과 결結
평생 메워야 할 공간의 폭을 좁히며

오늘 전철에서 잃어버린 지갑은 안절부절
자음처럼 박혀 혀끝에서 맴돈다
한 마디를 굳이 돌아가려고
우물쭈물한 적 많았다

캄캄한 창문은 ㅁ처럼 뚜렷하다
자음 하나가 빠진 자리
어떤 구름도 맞추지 못한다

부표

깊은 물속을 꼭 잡을 때마다
동그란 지상의 공기로
물의 지형도를 그리고 싶다
물은, 세상에 이런 맛없는 것이 있을까
부득부득 뱉어 내는 중이다
살아 있는 공기들과 태풍을 섞은
유독 노랗고 동그란 공기통은
영 입맛에 맞지 않는 모양이다

파도들이란 만성체증의 겹겹이어서
역류성 입맛을 평생 우물거리기만 할 뿐
꿀꺽 삼키는 일은 해안의 입맛일 터
입 안에서만 맴도는 일들이 있듯
한번 낚인 바다가 제 숙명을 이끈다
한 방울의 물도 들이지 않으므로
둥둥 제자리를 지키는 지명이다

물속 어디에도 마음 맞는 곳 없어

가라앉지도 날아가지도 못하는
늘 엉거주춤 제자리인 부표
자신을 벗어나 이끄는 잔물결의 날들은 가고
어떤 연금과 구속의 가려움도
차마 견디기 힘겨울 때
나도 모르게 입이 쩍 벌어지듯
아아 끝내 우물대다 말 것이다

사과향이 선로 위에서 빛나던 때
— 승부역에서

하늘도 세 평, 땅도 세 평이라던가
방금 떨어진 참나무 잎새에 비워진 것까지 친다면
이제 하늘은 월동의 덤을 얻은 셈이리라
영동선의 까마득한 날들이
봉화 쪽에서 속도를 천천히 줄이는 소릴 들으며
나는 사과궤짝 같은 역사의 한편에서
다시는 오지 않는 날들을 기다릴 것이다

그동안 오지의 적막들이 여기를 통과했단 말인가
벽면을 긁던 희미한 기다림의 낙서 몇 읽어 내다가
4시 40분이라고 쓰인 외마디에
한순간 소스라친 건
나의 성장기가 나를 기다렸기 때문일까
사과향이 선로 위에서 빛나던 시절
누군가의 뜨거운 맥박이 고단한 삶 속으로 다가올 때면
세상의 밋밋한 맛들이 과즙처럼 흘러내리곤 했다

이 세상을 사는 동안 소심해졌다면

보무도 반듯이 승부역에 와 보라
이곳엔 기적 없이 넘나드는 푸른 심장의 박동들이
종이딱지처럼 옹색한 날들조차
미장의 잣대로 여유롭게 측량하며 머물다 가곤 한다
와서 하늘과 땅,
이 비좁은 세 평의 면적을
수만 제곱으로 기꺼이 확장하는 단맛의 비결까지
면밀히 더듬어 살펴볼 일이다

3부

사월과 오월 사이

뻐꾸기 울 때면 퉁퉁 붙은 젖으로 우는 여자, 그때 어느 집 대문 앞에 놓고 온, 사월인가 오월인가 대문으로부터 도망친 방향이 지금도 기억나지 않는다는 여자

사주엔 나타나는 자식이 팔자에까지 따라오지 못한 여자, 이름도 성격도 모르는, 오다가다 비슷하게 닮은 얼굴 마주치면 목구멍 저쪽에서 뻐꾹뻐꾹 울음이 터져 나오려는 여자, 어쩌면 그리도 사주가 허술한지 기둥과 기둥 사이 간격을 넓힐수록 액살로 북적이는 여자

둥지를 훔친 여자의 정곡엔 뱁새 부리 같은 짧고 묵묵한 날들이 콕콕콕 무심한 날들을 쪼고 있는, 사월인가 오월인가 그쯤에서 버리고 온 무수한 산울림에 오냐오냐, 대답하는 여자

꽃 피어 어두운 때라는 거지

붓꽃이 무더기로 피었다
남들은 붓처럼 생겼다지만
나는 촛불 같기만 하다
또 사람마다 다르겠지만
나는 오뉴월 이즈음이
가장 어두운 때라고 여긴다
한낮에 숨어 있는 어둠
저리 촛불이 켜진다는 건
일 년 중 가장 어둡기 때문이다

은은하고도 그윽한 향기로
움츠러든 날들을 피우는 꽃
곧은 심지 끝 한사코 구부려
어리석은 바람들을
잠언의 화력으로 사르는데
왜 검은 어둠만 있다고 여기는지
왜 붉은 불빛만 있다고 우기는지 모르겠다
마음먹기에 따라서는

흰 밤도 있고
보라색 밤도 있을 텐데
그토록 다양한 색깔의 밤을
붓처럼 일필로 휘젓는 걸까

흑색 소문 파다한 거리 곳곳
여름 건너 열음 넘어 붓꽃대들
철 지나 더는 꽃으로의 행진 없는
불빛 시드는 저녁이 있다면
비로소 캄캄한 어둠이
바짝 다가와 있다는 뜻이리라

오디

오월이나 유월을 흔들면 후드득 보랏빛 총성이 쏟아집니다 오디를 주워 먹다 보면 입술과 손끝은 피멍 든 것처럼 보였습니다 그런 날 어매는 놀래라, 가슴을 쓸어내립니다 오월이 물든 손은 씻어도 씻기지 않고 손에선 귀신이 엉엉 울었다고 했습니다 거뭇한 입술과 입성의 오월 그늘에서 뒹군 몸은 온통 오디 물이 든 마냥 붉었다고 했습니다

농익은 오디가 수북이 떨어진 바닥을 바라보며 어매는 지금도 으째쓰까, 으째쓰까 허둥대기도 합니다 그때 철없는 누이는 오디를 따서 입 안 가득 우물거렸고 덤불을 헤매던 오빠는 군데군데 살가죽이 찢어졌다고 했습니다 뽕나무를 흔든 자들과 그 열매를 주워 먹은 사람들, 오디는 온몸이 핏물이어서 혁명인 것입니다 망월亡鉞과 망월望月로 뒤엉킨 폭력의 숲을 빠져나왔으나 뒹굴어 보지도 못하고 누워 버린 오빠의 일기장엔 거뭇한 코밑이 줄 쳐 있었고 사투리를 뗀 어린 서정이 지금껏 멈춰 있습니다

오월을 수습했다는 어매 손엔 지금도

어린 귀신들이 흐느낀다고 합니다

오디를 만진 손으로 유월까지 앓고 나면 다 알게 된답니다
우리 마을 사람들 손엔 저마다의 귀신이 묻어 있다는 것을요

완충

빈 박스를 가득 실은 손수레 두 대가 만났다 안면 있는 둘은 상자를 깔고 앉아 야박한 저울 위로 실어 나른 날들에 대해, 은전도 아닌 동전의 우수리에 대해 신랄한 논평 중이다 접고 접는 일에는 이력이 났다고, 빈 것들 차곡차곡 쌓는 일로 부실한 노년을 끌고 다니고 있다고

서로 푹신한 상자가 골판 같은 대화를 나누고 있다 가끔 우수리 위에 크고 작은 모난 사연들이 얹혀 있다 앞이 막막한 빈 상자들의 방향을 이끌어 간다 저울은 여러 장 가쁜 숨을 수북이 올리고는 또 눈금만큼을 눈곱만큼으로 착각하리라 켜켜 부주의로 수축된 하루는 골진 무게들의 결합 해제로 누그러지리라

고물상, 수없이 접힌 날들이 가까스로 닿는 진원이다 탄탄했던 직선이 느리게 우회하는 곡선의 집결지이다 고물이란 어쩔 수 없이 습관을 끄는 힘이 빠지면 습관에 빠지기 십상이다 절름거리는 뿔테 너머 돋보는 시력도 질끈 감은 안간힘 때문인지 우수리의 막다른 길도 눈치채지 못한다

헐거운 입

옛날로 돌아가신 나의 할머니는
꼭 사람들 이름을 부를 때
받침 하나씩을 떼거나 더 붙이곤 했다

새로운 이름이나 갸우뚱한 것들 사이엔
더듬더듬 말투를 끼워 넣었는데
그건 다 입이 헐거워졌기 때문이라고 했다

또 할머니의 입에서는
오래된 능청과 올밋졸밋한 옛날들이
사람과 짐승을 왔다 갔다 했다

때로는 딱딱한 알들을 입속에 넣고
한동안 우물거리다 보면
아무리 견고한 것들도
흐물흐물 헐거워지곤 했다

그러다 또 우연히 들여다본

할머니의 헐렁한 입 안
흥건히 고이던 침은 말라 있고
동화를 빚어내던 혀 밑엔
들쭉날쭉 징검돌이 여럿 놓여 있다

헐렁한 방점들로 풍성했던 날들
한때는 심연의 뿌리로 박힌 사랑니가
옆으로 머리를 누인 채
오래전 탈각된 이의 옆자리를
욱신욱신 지키고 있었던 것이다

나에겐 파랑새 부리 같았다
엉성한 구연에도
한 시절 푸르게 날아다녔으므로
비틀리고 촌스러운 말들로 가득했던
할머니의 텅 빈 입

나도 그 입속으로 들어가 팔베개하고

받침 하나씩 빠뜨리며
하룻밤 놀다 오고 싶기도 하다

반달의 고독

심심한 거리에서 칠흑의 짜장면을 기다리며
고독고독 씹는 노란 반달의 시간이 있다
그냥, 노란 맛
슬라이스 쳐진 반달이 플라스틱 접시에
슬라이드로 걸쳐지듯 담겼다

달고 간간한 나날의 길고 짧은 맛들이
몸속 어떤 구멍을 뚜껑처럼 꽉 닫고 있는 저 달이
오늘은 어떤 식전의 자세를 취할 것인지

음식을 기다리는 애매한 시간
그 사이, 예의 없고 성의 없는
그러나 간이 맞는 늘 조금은 모자란 듯 담겨 있는
노란 반달 몇 쪽

미풍을 앞세운 분식집 간판은
이미 어중띤 걸음의 이정표가 되었고
내부의 차림새는 포만에 이르는

완벽한 사이자 적절한 틈이다

그 틈새로 보이는 달빛을 씹다가
문득 노란 반달로의 변색이 궁금해졌다
어쩌다 치자의 속성에 물들긴 했으나
그저 다꽝이라고 불리기도 한다

단것에도 한풀 접고 들어가는 맛이 있다
저염에 길든 단무지
한 끼를 후루룩거리는 그 옆
저렴하게 나란히 널브러진 그 몇 쪽

수수료 떼는 저녁

인력사무소 앞 사람들로 붐빈다
모두 하루치의 저녁
그 귀퉁이를 뜯기려 삼삼오오 모여 있다
차 떼고 포 떼고
1할 남짓한 힘에 달라붙으려는
9할도 채 안 되는 힘들이 웅성거린다
초저녁달이 뜨고 달무리가 불안하다
1할의 힘은 언제든
9할의 인력으로 바꿔 칠 수도 있으나
1할에 의존하는 힘은 종잡을 수 없다
그럴 때마다 맥없이 끌려다니는 모습이 겨워
몇 발 뒷걸음치거나
비루한 날들을 모아들여 허공 멀리
훨훨 날려 보내기도 한다
헐어진 저녁은 왠지 허전하다
어깨 한쪽이 삐끗거리고
허리도 어디가 어긋난 듯 군데군데 해진
우중충한 이빨 사이로

구부러진 못 같은 말들이 새어 나온다
평생 우직과 성실을 노래한 것밖에 없다
습관처럼 지어낸 음담까지
함부로 패설이라 욕하지 말자
오늘은 딱 1.5할이 모자라는 막노동꾼의 저녁
곰처럼 부린 재주 끝에
잇속 밝은 업자 위로
어느새 그보다 환한 밤빛이
서서히 달무리를 벗겨 내고 있다

가료加療

개업한 지 두어 달 지난 상가에서 꽃 다 지고 야윈 영산홍 화분에 물을 끼얹고 있다

햇살 치료 중이다

언젠가 대전역 부근 정동의 쪽방 앞에 파리한 언니들, 고단한 밤을 깁듯 봄볕을 걸치고 누렇게 뜬 신변을 뒤적거리던 그 풍경 같다

어느 여성단체 질문에 또박또박 답하다가 이래봬도 우린 의리 파라며 느티나무* 그늘에 시들한 몸 기댄, 봄을 지난 봄이 초여름 빛살에 가료 중이다

색 바랜 정수리에 뿌려지는 물은 떠도는 영혼이 받는 세례 같은 것, 헐값에 팔려 왔거나 무상으로 온 꽃들은 부릅뜬 주인 눈을 좀처럼 벗어날 수 없다

봄에 꽃 피는 화분은 봄이 고향이겠지만 밤에 꽃 피는 직업은

고향이 없다 밤은 인간의 가장 먼 외지이며 햇살 가린 골방이기도
하다

  두꺼운 커튼이 빛살을 차단하는 날들, 손잡이에 걸린 바람은
어쩜 그리도 싱싱한지 아무리 시간이 흘러도 객지엔 도무지 적응
못 하는 무료한 한낮의 가료

  차도 없는 날들이 맥없이 또 간다

  * 대전 성매매 여성 인권상담소

발의 맛

닭발은 전신을 지탱하던 맛이다
소주 한잔이 생각나는 것도
혀를 식히는 일도
노랗게 쥐었다 펼친
뒤뚱거림에 대한 예의다

오독오독, 매운 시간을 갈라 보면
여전히 뼈들이 억세다
최후의 도모를 버리지 못한 듯
알싸한 양념을 묻히고도
한번도 뼈를 이탈한 적 없다

제 똥도 서슴없이 밟고 다니다가
몸통에 닿는 족족 화를 부르는지
그런 잘린 발을 먹다 보면
앙상하게 휘청거렸던 날들이 떠오른다

거추장스러운 뼈를 발라내며

발을 빼야만 했던 일들
손이 발이 되거나
또는 발이 손이 된 적도 없는 발

입속을 아무리 헹궈 내도
얼얼한 맥박에서
내심의 뼈를 추려내는 일
일생을 또는 한때를 떠받치던
그래서 닭의 발은 매운맛이다

국수꽃

한소끔 끓어오르는 국수
자칫 한눈팔면
부글부글 꽃들이 넘치고 만다
봄날 길가의 조팝꽃 같기도 하고
허기진 시절의 눈요깃거리
눈부신 이팝꽃 같기도 한

부풀대로 부푼 솥을 넘쳐
하르르 구름놀이하다가
뚜껑 밖 뜻밖의 한기에 놀라
푸르르 주저앉고 만다

나는 고명딸이 아니어서
고명 없는 국수가 지겨웠다
맹물 맛인지, 밀가루 맛인지
국물은 밍밍하기만 했다

잎숟가락의 날들 어쩌지 못해

조팝나무 울타리를 박차면
하얗게 일어나는 현기증
꽃 멀미 울렁거리는 날엔
끓어 넘치던 국수꽃 생각난다

문전성시 가락시장은 아니어도
맹탕 익숙한 고샅길 어디쯤
젓가락과 국수 가락
두 가락이 후루룩 만나서
땀도 콧물도 안 흘리고
알싸한 봄을 먹고만 싶다

김 영감의 이것

먹자골목 휘청이며 자전거 페달을 밟는다
슬하가 부실한 김 노인
하루 막일 끝내고 절룩이며 집에 갈 때
온몸 뻐근하게 돌아다니는 이것
빠듯하고 곤고한 사정에도
마음만큼은 흥청망청인 이것
딱 눈 감고 실비집 새시 문 열고 싶은
주책맞게 들뜨는 낭비벽 같은 이것
십일조도 아닌데 십 프로 뗀
바로 몇 등분으로 쪼개고 쪼개던 그것
지난날의 알뜰과 성실을
권력처럼 의무처럼 쓰려고 한다
이것은 몸과 마음까지도
다른 모습으로 돌아다니게 하는구나
어느 순간 도전장이 되었다가
뜬구름이 되었다가 빳빳한 고개도 되었다지
한사코 미끄러지는 비탈길
휘거나 부러진 바퀴살을 수리하며

김빠진 바퀴에 펌프질을 한다
바람의 고리를 물고 물다 늘어난 이것
어두운 시간들이 점점 부풀어오른다
영감 대에도 없던 그놈이
자식들 대에는 더 씨가 마르는 걸까
말라 비틀어져 형체도 없을 것 같은
개도 안 물어 가는 이것
어쩌다 돼지꿈을 꾸는 날은
수중에 들어 두근거리며 들뜨고
며칠 가라앉힌 흙탕물처럼 차분하다

빗방울을 진맥하다

어설프게 배운 진맥으로
잠든 노모의 맥을 짚습니다
손목에선 빗방울이 잡히고
꼭 쥔 주먹과 힘 빠진 숫자들이 잡힙니다

노모의 잠 속엔 양철지붕으로
톡톡 떨어지는 빗방울이 보입니다
고랑을 이루고 낙수가 튑니다
그러고 보면 일생이 궂었습니다

어쩌다 맑은 날엔
환한 얼굴 쪽으로 피를 기울였을 겁니다
엇박자로 튀는 물방울
지붕은 너무 빨리 뛰거나
소곤소곤 맥이 뛰는 손목입니다

손등에 올라 검푸른 지렁이는
어느 지류에서 꿈틀거리던

오래된 환형環形의 미물입니까
창백한 살갗에 반짝, 햇살이 튑니다

노모의 푸른 우기와
물방울 끓던 처마가 시나브로 잦아듭니다
물방울 같은 손가락들이 움직입니다
지붕엔 아직도 세어야 할 날들이 튀고

서툰 침구사는 물 새는 지붕을 진단만 합니다
가끔 빗소리 체할 때마다
손끝을 따면 빨간 양철 녹물이
방울방울 배어 나오곤 합니다

누구의 손목에서라도 빗방울 튑니다
하늘은 곧 갤 것입니다
흩어지는 구름과 둥근 해가
노모의 아린 손끝에서 만져졌으니까요

한가하다는 것

한가함이 인간을 옮겨 다닌다
신분을 세탁하고 계층을 이동시킨다

잠깐 움직이는 힘으로 이삼십 년
어떤 사내는 어슬렁거리며
벼슬을 단 듯 직장을 드나든다

벽돌이, 톱질이 불려 가고 배관과 펜치와 스패너가 끌려간다
어리둥절 힘센 젊은 나이들이 떠나고 여유롭게 앉아 있는 한가한
사람, 밥그릇 소리가 햇살에 야금야금 먹히는 노동판에 짬뽕을
나르는 알바생의 햇살이 반짝 철가방 옆면을 스친다

한가함이 부의 상징인 건 옛말이다
어느 곳에도 맞지 않는 잉여 인력
한가한 사내의 손이 굳어 있다
한파가 몰려 있어 가난한 집

공구들, 풍력 속에 체류하고 있다

한번쯤 굴절된 속도
사라진 벼슬 끝이 한가하다
어떤 기술도 맞아들이지 못하는
맹지 같은 사람이 있다

발목이, 웃는다

그때는 유난히 웃음이 헤퍼서
발목까지 싱글거렸지
오죽하면 서클을 만들어
발을 동동 굴렀지
웃음에도 휘청임과 서성거림이 있어서
한동안 깁스를 한 채 병원에 누워
세상 재밌는 일들, 몽땅 붙길 기다렸지
회전문에 발목을 잡히거나
빙판에서 카멜 스핀을 하다가
절룩이는 미소로 시름을 부축하며
주저앉은 순간들을 또 일으켜 세웠지
사는 게 뭐 별거냐고
한 치 앞을 알 수 있냐고
지나는 걸음들이 골몰한 주위를 에워싸며
모호한 수치를 남겼지
웃음으로 어디든 갈 수 있다고
수도 없이 신발을 갈아 치웠지
사뿐한 발꿈치가

힘줄과 힘줄 사이에서 위력을 발휘할 때
가볍게 바짓단을 걷어 올리고
명랑한 치맛자락에 맞춰 들썩이던
발목의 파안대소
더는 얼굴에서 놀지 못해
발목에서도 시큰거렸지
그럴 땐 짧은 거리도 자주 앉아 쉬지
묵직한 행동에 얹힌 듯
점점 가늘어지고 힘 빠지는 발목으로
비실배실거렸지
그 찬란한 바이러스로
웃음의 체적을 힘껏 당겨 보는 거지
끙, 하고 웃는 노인들의 힘겨운 발목
겨우겨우 걸음마 배우며
까르륵대는 아이의 발목을 보고 또 웃는 거지

귀로 우는 저녁

귀가 울어 오늘 밤은 따뜻하다
분명, 세수를 할 때나
비를 맞았을 때와는 달리
창밖은 서글픈 옛 유행가 가사 같다
눈물이 귀를 지나쳐 갈 때
옆으로 누워 그 눈물 다 지날 때까지
베개는 온통 4/4박자가 된다
몸 어디에도 솟는 흥이 없어
그 어떤 노래로도 무력한 날
처량이란 얼마나 알맞은 반주인가
꽃들은 바깥 계절을 다 시들게 하고
금단의 시간만 보냈구나
귀를 지나가는 날들
자정을 넘으며 흑흑 흐느끼며 달리던
기차 소리 눈과 목과 얼굴
건너편의 바람과 노을까지도
충혈의 기억에 뒤섞인 범벅의 날들이
붉게 물들어 축축한 노래

불면의 구석으로 몰려온 심야의 상념들과
끝내 몇 마디 타령으로 얼룩진
밤의 넋두리를 비틀어 짠다
짜면 짤수록 길게 흐르는
모로 누운 두 줄의
눈물 같은

4부

마타리, 마타하리

늦가을 마타리꽃 앞에 서면 속이 쓰리다
마타리는 제 몸의 약효를 풍치처럼 들먹이며
자꾸만 속을 뱉어라 뱉어내라 한다
평온하면서도 쓰디쓴 이중 국적 같은 성질

이 꽃들은 이중간첩과도 같다

누구는 아름답다 부르고 또 누구는 처연하다 이른다
그러므로 이런 것들은 때때로 멀리서 바라보아야
상처를 받지 않는다
여백의 시간들이 누렇게 번진 염증을 요모조모 살피며
느리게 동의어들을 흔들고 있다

어떤 말이 배어 나올지 모르는
언어와 언어 사이의 비밀
새들도 저문 들녘은
지천인 것들의 조밀 지역이다
내가 먼 기억의 오두막을

선뜻 찾아가지 않는 것도
이미 꽃들이 주인으로
하얗게 늙었을지 모르기 때문이다

가을, 마타리, 마타하리가
춤추는 듯 속이 울렁인다
지병들은 약리작용하는 꽃들 앞에서
알 듯 모를 듯
난수표 같은 증상을 들키고 만다
아름다워서 처연한 것들은
무희가 되려 하고
춤추는 마타리꽃 꺾어서
빈 병에 꽂아 놓고 꽃뿌리를 달인다

빙글빙글 주위를 뱉어 내기 위해
어떤 재촉도 부린 적 없는데
뿌리가 올린 양분을 꽃이 후후 분다
분분한 꽃이 사람에게 끌리듯이

꽃의 효능에 만성의 병이 끌리듯이
속삭이는 말은 거짓이어도 좋다

풍력선

해류는 인류 최초의 노선이자
돛과 선미들의 항로다
물비늘의 표면으로 새 지도를 그리는
무동력 선박이다
이 물길 따라 수십 년째
밤낮으로 떠다니는 상선도 있다
선장도 선원도 없는 집단 유령선
바람이 물을 밀어 가는
끝없는 표류기다
뿌리 약한 무인도 하나 둥둥 띄우고
수만 년 전 유빙을 몰고 다닌다
정해 놓은 섬을 차례로 들러
자그락자그락 몽돌을 밟고
갯벌에 심어 놓은 반달을 키운다
정어리 떼와 고래의 항진과
젊은 날 침몰한 가장들을 태우고
동지나해 거쳐 남중국해까지
헤아릴 수 없는 승객들의 풍력선

범선들은 뫼비우스띠 같은
그 길을 잘 안다
시시때때 구불거리는 날들을
후루룩 삼켰다 뱉는
지하철이나 마을버스 노선 같은 거리
해류의 설계에 따라 순환한다
굵디굵은 포말을 앞세워
해변을 채 써는 짧은 순간들
평평한 뻘에 선 채
잠깐씩 휴식을 취하기도 한다
누구도 바람 속을 뒤집거나
은밀히 들춰내지 않으므로
배 뒤쪽에 달린 스크루와
찢어진 돛을 비웃으며
오랫동안 유유히 항해를 한다

목마른 웅덩이들

언젠가부터 마을엔
길고양이 밥과 물그릇이 생겼다
주인이 없으니
길이 주인인 고양이
그늘진 길들을 싹싹 핥을 때
햇살 너머 건너온 외딴 구름에서
비릿한 물 냄새가 나곤 했다

마을 외곽으로 몰린 웅덩이들
밥은 고사하고 물조차 말라 있다
웅덩이들에게 물 주는 일은
흐린 하늘의 소일거리였다
아마도 메마른 일기 속으로
잠시 여행을 떠났을 것이다

세상 곳곳에 제 몸으로 가라앉은
날개를 옮기는 물이 과거라면
조금의 기억에 따라

웅덩이로 흘러내린 물은 미래일까
이미 운명을 떠난 수레바퀴가
제 비극의 껍질을 벗기 시작한
고인 물들의 환부는 굴레일까

무시로 단풍들이 뛰어들고
헛짚은 시간들이 모두 증발한
저 웅덩이는 목마르다
뻐끔거리는 피라미들이나
갈증 난 바람이 수면을 밀면서
목을 축이는 것이 전부이리라

한낮의 햇볕이 가장 많이 축내는
저 부실하게 말라붙은 웅덩이들
텅 빈 무게를 유폐하느라
홀쭉한 바닥의 힘줄까지 불거졌다
잘못 길든 생의 건기를 해갈하는
웅덩이는 하늘의 전용일 터
햇볕의 물그릇쯤 되는 것이다

꼭지는 중심이 아니다

중심이 사라졌다는 말은 합당치 않다
다만, 잠시 쉬는 중일 뿐
자신이 움켜쥔 영역을 떠나지 않는다
스스로 버티며
공중 가까이 축을 세운다
고정할수록 뒤집어지는 반작용의 축
지탱을 위한 시간이다
꼭지가 움푹 박힌 건
그만큼 씨앗과 거리가 멀다는 뜻이다
깡치와 함께 어우러져 있어
열매가 붉게 또는 노랗게 익는 동안
점점 쇠약의 말로에 닿는다
꼭지를 달아맨 건 관다발의 뒷심이다
매달린 것은 중심이 아니었다
어떤 중심이 보고 싶다면
길게 드리운 외줄의 그림자를 보라
나무들은 사방팔방 흔들리면서
정오 근처에서 불안한 여유를 즐기며

간혹 일조권에 자신을 맡긴다
최소량의 힘을 쓰며
최대의 일조량을 받는
영리한 꼭지들이 중심을 향해 떨어질 때
열매들은 지탱의 힘에서
달게, 아주 달게 떠난다

개살구

오두막 그늘진 뒤란에서
한 무리 남자들이 개를 달았다
그때 살구나무는 놀라 꽃을 확, 피웠으리라
나무는 버둥거렸고
개 혓바닥 같은 이파리들이
덩달아 앞을 다투어 밀려나왔다

하얗게 질린 개살구나무는
대문 밖에 매어 있고
누렇게 뜬 개는 대문 안에 묶여 있었다
친하지도 않았지만
원한은 더욱 아니었다

쩍쩍 갈라진 나무껍질 사이
코르크의 내막을 슬몃 훔쳐보다가
마지막으로 딱 한번 호되게 묶였는데,
그것뿐이었는데
살구 말구 없이 개는 죽음이었다

개의 노란 콧등을 닮은 개살구가 주렁주렁 열렸다
낑낑 꽃들이 다 떨어지고
톱니바퀴 소음이 잎사귀들을 불규칙하게 회전하며
쪼개진 계절을 익힌 건
한참 후의 일이었다

경기驚氣 든 나무는 꽃도 열매도 작았다
뒤란에선 이따금 개 울음소리가 들렸다
바람 많이 부는 날은 더 심하게 울부짖는 개
거품 물고 발버둥 치듯
살구나무가 흔들릴 때가 있다

육 쪽과 육종 사이

육종 마늘 팔러 온 트럭에서
육 쪽 마늘을 샀다
허투루 들은 귀
육종과 육 쪽 사이 난처함이
민망한 식탁에 오를 것이지만
이 마을엔 말의 번짐보다 흐릿해진
막막한 귀가 더 많다

닳고 닳은 쪽수를 햇살보다 갸름하게 외친
사내의 육 쪽은 종자였나 숫자였나,
무언가 매운맛만 날 뿐
좀처럼 풀리지 않는
오래된 방문을 헤아리는 사이
오후는 공복으로 바뀌고 공복은
또 빈 의문으로 남았다

굽 닳은 슬리퍼에 이끌려
마늘을 오해한 귀가 맵다

여섯 쪽 종자들은 다 어디로 가고
빈 마늘밭이 허름하다
옹골차게 들어찰 줄 알았던 남매들도
쭉정이 반, 종자 반으로 파종이 끝났다

올망졸망 마늘종마다 씨앗을 품어
더욱 잔손이 많이 간다
어쩌다 진흙 밭에 긴 뿌리를 내렸던
아리디 아린 날들
내년의 육종 씨앗은
올해에 다 까먹고 만다
그만큼 밍밍한 날이 많다는 뜻이다

감자의 형식

이쪽저쪽 기웃거려도 온통 눈이다
동그란 형식 중에서
이렇게 눈 많은 것도 없다
감자 북을 주다 보면
동그랗게 부푼 땅속이 궁금하다

눈인 줄 알고 밀어 올렸는데 꽃이다
눈에서 꽃 피는 초여름
통통하던 저의 살을 먹고 독해지는 눈
눈에 흙이 들어가도
줄기차게 종족을 번식하는 감자알들
꽃 핀 날을 가차 없이 순지른다

찔끔찔끔 눈매가 짓무르는 철이 오면
삼각을 잘라 동그란 모양을 기대해도 좋은
감자는 참 의아한 족속이다
각을 넣어도 원형의 여름에서
눈이 뿌리 되고 뿌리 다시 꽃이 된다

여기저기 왁자한 무당벌레의 비행도
죽은 척 눈을 감는 저녁답
애지랭이숟가락으로 벗긴 감자를 먹으면
파랗게 하늘 본 맛이 난다
푹 익으면 쩍쩍 갈라지는 분
봉실봉실 목화처럼 피어난다

오래도록 어둠에서 분기탱천 까칠해진
감자를 숟가락으로 깎다 보면
움푹한 달이 뜨는 하지
달을 배우며 땅속의 조수간만에 따라
만월과 다시 씨감자로 나뉘리라

은밀한 방

아주 까리까리한 꽃이 핀다
투박한 기름종지에 심지를 박으면
짜작짜작 불꽃이 인다
씨앗들에겐 얼마만큼의 기름이 묻혀 있을까
세상에서 제일 규모가 작은 산유국

한겨울도 아닌데 등잔불 같은 꽃, 봄에 떨어진 씨앗 속에서 끓
던 기름이다 푸른 심지를 타고 늦여름까지 불 피운다 구부러진
불줄기를 태우는 아주까리는 지금 한밤중이다, 일렁일렁 제 그
림자를 보며 샛바람 새어 들어오는 어느 문틈을 떠올린다

꽃대가 산유의 날들을 정제하는 동안
유액은 배려의 점도를 높이며
시설의 부속물과 점점 거리를 넓혀 간다

바늘귀 같은, 납질에 싸인 줄기는 속이 비어 있다 그 화공花栱의
문을 빠져나온 열매들이 서둘러 불꽃을 짜면 뚝뚝 기름 한 종지
너끈히 떨어질 것 같다 종짓불에 그을린 마지막 자리, 한동안 타

다 불 꺼지면 다시 캄캄한 씨앗 속으로 제 큰 키를 밀어 놓고 속잠
에 든 아주까리, 주문 같은 할머니의 찬송 깃든 바느질과 아버지
의 받침 빠진 기도문은 모두 저 식물의 방에서 배운 것들이다

  마치 한 무리 신부가 등불을 예비하러
  우르르 몰려갈 것 같은 장독대 뒤편
  오래전 발아한 씨앗엔
  누군가를 뜨겁게 만났던
  은밀한 기도의 골방이 있을 것만 같다

문주란

제주 토끼섬엔 문주란 자생지가 있다
격리, 스스로 들어갔다가
아직 풀리지 못하는 처지들이다

척박한 모래땅에 집결한 꽃들의 군락지
제발 저곳은 발각되지 말고
세상 환란이 지나갔으면 좋겠다는 생각조차 불온할 때

티브이와 라디오에서는 〈동숙의 노래〉가 흘러나왔다

과거는 끝났지만
멈추지 않은 노래
끝내 증언이 되지 못한
꽃으로 가질 수 없는 죄는 무기가 아닌가

꽃숲에 숨어서 머물다 떠나 버린,
흔들리는 꽃물결에 후미진 한쪽이 아려 온다

몇 걸음 친근함에도 피었다 지는 꽃무리
어쩌자고 저들을 한곳에 모았는지

돌이킬 수 없는 죄 저질러 놓고*
여전히 뻔뻔한 얼굴들과
이제껏 섬에 은둔한다는 문주란들

* 가수 문주란의 〈동숙의 노래〉 가사 일부

개미귀신

삼각뿔의 끝,
그 소실점을 향해 가 봐야
겨우겨우 위태로울 뿐이어서
모양을 거꾸로 바꾸기로 했다
허우적거리는 건
각의 안쪽이나 바깥이나 마찬가지다

한적한 강변 모래밭에
움푹한 세모를 심고 먹잇감을 기다린다
귀신은 안 보여서 귀신
때로 또 보여서 무서운 귀신
아주 뾰족한 말미에 숨어서
발버둥치는 강도래나 개미들을 낚아챈다
그도 한때는 저런 함정에 빠져
나락을 헤맨 적 있었으나
그땐 드러난 끝장이었다

막바지에 쓰는 안간힘이란

고지에서 바닥을 치는 몸짓이다
차곡차곡 시간을 쌓을 때는
휴식의 공간을 만들기 위해
허리가 휘도록 흙을 물어 날랐다
활동량의 폭이 점점 늘어나자
묵정의 입자들이 고봉을 이루었다
마지막 휴식을 저며 넣기 위해
어둠의 알갱이들과 맞바꾼 생애는
다디단 가치의 하락일 뿐,

세 각의 척도가 균형에 맞지 않아
끝끝내 궁극에 이르지 못했다면
최후의 순간을 뒤집어 보라고
구덩이 끝에 가려진 개미귀신이
넌지시 알려 준다

친척, 천적

풀밭이 바스락거린다
그건 초식동물이 마른 풀 헤치는 소리
바람 거친 날이면
낮은 자세로 공손히 앞발 모으는
탈진한 산양의 발소리 같은
친척, 이라고 말해 놓고 보면
흡사 천적이라는 말과 비슷하다
풀과 초식의 산양은
천적 관계지만 한편으론
친척 사이 같다
저가 뜯어 먹는 밥에
곧잘 웅크리고 숨는 것으로 보아
제 밥을 믿는 구석쯤으로 여기나 보다
먹구름의 벽력에 흔들리는 야윈 오후
마른 풀 쓸리는 소리 듣고도
어떤 움직임인 줄 안다는 건
필경 풀과 짐승이
하나의 행동으로 얽혀 있다는 말이다

사냥한 만찬을 위해
노란 맛으로 남은 하눌타리 열매
그리하여, 천적이
친척처럼 가까워진다면
한겨울 을씨년스러운 저 숲이
또 다른 짐승의 몸짓으로
어슬렁댈 것만 같다

'삶―역사'의 진실을 찾는 '이미지―사유'

이성혁 (문학평론가)

'삶–역사'의 진실을 찾는 '이미지–사유'

1

이봄희 시인은 2018년 《경상일보》 신춘문예로 등단했다. 등단 당시 필명은 이온정이었다(그러니 이봄희 시인의 등단을 확인하기 위해서는 '이온정'이라는 이름으로 검색해야 한다). 또한 그는 등단 바로 전 해인 2017년, 사회–역사적 시선을 중시하는 전태일문학상과 5·18문학상 신인상을 수상한 바 있다. 이를 보면 그는 든든한 비판의식을 바탕으로 한 시작(詩作) 실력을 두루 인정받은 시인이라고 할 수 있다(등단작인 「롤러코스터」와 전태일문학상 수상작인 「검은 아버지들」, 그리고 5·18문학상 신인상 수상작인 「흑백」은 모두 이 시집에서 읽을 수 있다). 이 시편들을 읽으면 이봄희 시인이 왜 당시 문학상을 연달아 받을 수 있었는지 짐작할 수 있다.

이 시편들뿐만 아니라 이 시집 전체를 읽어 보면, 그가 심혈을 기울여 시 한 편, 한 편을 쓴다는 것을 알게 된다. 그의 시에서 보이는 치밀하고 깊은 이미지 조성은 그가 시를 얼마나 공들여 쓰는지 짐작케 한다. 나아가 그의 시는 이미지즘적인 대상 묘사에 그치는 것이 아니라, 그 묘사를 통해 삶의 진실을 드러내고자 한다.

묵은 펄펄 끓는 것으로 살고
차갑게 식으면서 죽는다
어디에 부어지든 그곳이 관이다
관의 형상으로 굳으므로
그에게 생전의 모습이란 없다
단 하나의 뼈도 없으면서
야들야들 골격을 유지한다

한때 앙금의 힘으로 버텨야 하는
푸석한 날들이 있었다면
가파른 여름의 끝에서
끈덕지게 달여야 미끈하던 응어리
엄지손가락이 푸른 물로 고여든다

이렇게 조심스러운 끼니가 있을까

이처럼 힘없는 낭패가 있을까

작물의 대궁들이 허리까지 숨기면

못 박인 손길이 더욱 바빠진다

풋 여문 알들, 우리들의 공복은

진하게 무르익을 때를 기다렸다

구부러지고 늙은 뼈를 화장한 뒤

묵 한 사발 시켜 놓고

컬컬한 울음의 뒤끝을 꿀꺽꿀꺽 삼킨다

죽은 목숨이든 산목숨이든

젓가락 사이에서 묵은 생물이다

누군가의 관을 들 때 묵을 집듯

조심스러운 손길에 따라

열매에서 가루가 되고

가루는 팔팔 끓어 넘치다가

다시 하얀 사발에 담겨 굳어 가는

저 한결같은 묵만 같아라

―「묵의 평전」전문

4연으로 이루어진 「묵의 평전」이다. 시인은 묵이란 대상에서 죽음의 이미지를 도출한다. 죽음의 새로운 이미지다. 시인에 따르면, "차갑게 식으면서 죽는" 묵은 "관의 형상", "생전의 모습이란 없"는 죽음 자체의 상징적인 형상이다. 그러나 묵은 뼈가 없는 죽음이어서 "야들야들 골격을 유지"하는 관이다. 그래서 그 죽음은 딱딱하지 않다. 흔들거리고 물컹하다. 그래서 먹을 수 있는 죽음이다. 3연이 보여 주고 있는바, 우리가 누군가를 화장한 뒤 묵을 먹는 행위는 죽음을 먹는 것과 같다. 그 행위는 누군가를 마지막으로 떠나보내는 의식이다(그래서인지 화장터의 우리는 묵 앞에서 "컬컬한 울음의 뒤끝을 꿀꺽 꿀꺽 삼"키는 것이리라). 그 죽은 이의 죽음을 먹음으로써 그를 몸의 기억 속으로 스며들게 만드는 의식. 이 의식 속에서 묵은 '생물'이 된다. 죽음의 형상인 묵은, '젓가락'으로 집어 그 죽음을 먹는 우리에 의해 도리어 살아 있는 물체가 되는 것이다. 우리의 몸속에 스며든 죽은 이의 죽음은, 우리 삶 속에서 존재하게 될 것이기 때문이다.

위의 시가 일례로 보여 주듯이, 이봄희 시인은 시적 대상에 대한 치밀한 관찰을 통해 새로운 이미지를 도출함과 동시에, 그 이미지가 갖는 삶에서의 의미를 사유한다. '이미지-사유'를 치밀하게 실행하는 시 쓰기. 「꽉,」의 '홍합' 이미지 역시 이러한 '이미지-사유'를 보여 준다. 입을 '꽉' 다물고 있는 홍합으로부터 시인은 "급격히 밀어닥치는 물결의 이동을 벗어나 이글거리는 공중의 햇살에 집착"하면서, "검은 밤을 양쪽으로 덮고 말랑한 속살들이 견"디는 이미지를 상상한다. 이 이미지는 어떤 삶의 자세를 보여 준다. 파도처럼 밀어닥치는 세상의 조류에서 떨어져 나와서는, "말 많은 약속들"을 남발하지 않는 과묵하고 진중한 삶. 빛을 갈망하지만, 그렇기 때문에 도리어 밤 속에 자신을 두고 세상을 견뎌 내는 삶. 이봄희 시인은 이 홍합의 형상으로부터 시인으로서의 삶의 자세를 배우고 있는 것인지 모른다. 밤의 덮개를 덮고 세파로부터 벗어나 살아간 홍합은 '일상' 속으로 들어와 시원한 맛을 내는 음식이 되는데, 이 맛이 바로 시의 미감이라고도 할 수 있기에 그렇다. 시인이 「달팽이들의 점자」에서, "몸의 밀착만을 고집"하는 달팽이—홍합처럼 연체동물인—로부터 맹인이 점자를 더듬듯 세계의 이미지를 하나하나 읽고 있는 시인의 형상을 유추하고 있는 것을 보면 이러한 추측이 무리는 아닐 테다.

2

어떤 대상에 대한 치밀한 관찰을 통해 이미지를 포착-상상하고 이로부터 어떤 삶의 양상을 도출하는 시작(詩作) 방법은, 시의 눈을 저 달팽이처럼 세계에 밀착하여 밀고 나갈 때 가능할 것이다. 이봄희 시인의 시선은 물론 사람에게도 향하는데, 시적 대상이 된 사람의 깊은 면을 포착하여 이미지화하려는 노력이 돋보인다. 1할의 노임을 떼이면서도 인력사무소에 찾아가 일을 찾아야 하는 노동자들을 조명하는 「수수료 떼는 저녁」은 이봄희 시인이 주시하고자 하는 대상이 누구인지 잘 보여 준다. 그는 이 시에서 "언제든/ 9할의 인력으로 바꿔 칠 수도 있"는 "1할의 힘"에 의존해야 하는 노동자들의 현실에 시선을 밀착한다. 이에 "어깨 한쪽이 삐끗거리고/ 허리도 어디가 어긋난 듯 군데군데 해진/ 우중충한 이빨 사이로/ 구부러진 못 같은 말들이 새어 나"오는 노동자들의 묘사는 자본에 의해 사용되다가 폐기되는 이들의 삶을 적확하게 이미지화한다. 표면적으로는 음담을 습관처럼 지어내는 이들의 입은 거칠지만, 속을 투시해 보면 그들은 "평생 우직과 성실을 노래"해 왔다고 시인은 말한다.

한편, 노동자들에게 실업으로 인한 '한가함'은 죽음의 위협에 놓인다는 것을 의미한다. 그렇기에 그들은 '1할의 힘'에 의

존하면서까지 일자리를 구하는 것이다. 이봄희 시인은 「한가하다는 것」에서 "어느 곳에도 맞지 않은 잉여 인력/ 한가한 사내의 손이 굳어 있다/ 한파가 몰려 있어 가난한 집"이라고 쓴다. 때가 겨울이어서 사내의 손이 굳어 있는 것이겠지만, 그 굳은 손은 시체의 손을 연상시키기도 한다. 그래서 이 노동자들에게 '한가'는 가난을 몰고 오는 '한파'와 같으며, 죽음의 위협에 노출된다는 것을 의미한다. 하여 "한가함이 부의 상징인 건 옛말"이다. 한가한 이들은 사회로부터 고물처럼 취급되어 곧 폐기될 삶들인 것이다. 「완충」에 등장하는 '빈 박스'를 줍고 다니는 노인 '둘'도 사회로부터 밀려나 겨우 생존해 나가는 '고물'들이다. "접고 접는 일에는 이력이" 난 이 노인들은, 이 시에서 "막막한 빈 상자들"로 환유된다. 이들 역시 세상에 의해 버려진 종이 상자처럼 "수없이 접힌 날들"을 살아왔기 때문이다. "탄탄했던 직선이 느리게 우회하는 곡선의" 삶을 살면서 "빈 것들로 차곡차곡 쌓는 일로 부실한 노년을 끌고 다니고 있"는 이들에게는 결국 "우수리의 막다른 길"만이 놓여 있을 뿐이다.

이렇듯 시인의 시선이 유난히 사회에 밀려나면서 힘겹게 노동하며 살아가는 노동자들을 향하고 있는 것은 어린 시절 대했던 '검은 아버지들'(갱부들)에 대한 기억 때문일 것이다.

이봄희 시인은 탄광과 가까웠던 강원도 예미 출신이다. 어린 시절 그곳에서 그는 검은 탄가루를 뒤집어쓴 '가장들'을 많이 접했을 것이다. 이에 그는 전태일문학상 수상작인 아래의 시에서 이들에 대한 기억을 다음과 같이 남겨 놓고 있다.

　그때 그곳의 가장들은 모두 얼굴이 검었다 지하가 어두웠고 무거운 지하의 힘으로 나라도 사람들도 살아가는, 도처가 검은색으로 발광하던 때였다

　여자들은 땅속에서 올라온 탄 덩이와 돌을 분간해 내는 선탄 일로 검은 화장 일색이었다 다른 데보다 검은 밤이 더 길었던 곳, 갱부의 헬멧엔 아스라한 은하의 별들이 매달려 있었지만 별들이란 꼭 멀리 있는 게 아니어서 눈앞의 어둠을 밝히는 데도 급급했다

　굳세게 달려간 은하 갱도 650, 등에 걸머진 동발을 막장마다 세우고 금길 뚫는 발파쯤은 서슴지 않는,

　은하계로 가는 길은 좁고도 멀었다

검은색은 힘이 세었고 흰색은 비웃음거리에 불과하던 시절, 광
산미는 양이 차지 않는 걸까 얄팍한 간주마저 뭉텅뭉텅 잘라 먹
다 끝내는 이색의 동색이 혈전을 벌이던 곳,

방진 마스크를 쓴 아버지들의 채굴기, 지금도 깊은 갱도 하나
씩 숨결 사이에 숨겨 놓고 육탈의 끄트머리에서 컹컹 검은 기침
을 하며 별무리처럼 허공에 떠 있다

— 「검은 아버지들」 전문

임금 대신 품질 낮은 쌀('광산미')을 받아 가며 깊은 지하로
내려가 탄을 캐내야 했던 검은 얼굴의 가장들이 있었던 시인
의 고향 예미. 지금은 폐광되었을 이곳 탄광은, 시에 따르면
"나라도 사람들도 살아가는" "무거운 지하의 힘"을 상징하는
곳이었다. 이곳의 가장들은 깊은 지하 속으로 들어가 이 '지하
의 힘'을 온몸으로 받아 안으며 노동해야 했다. 여자들도 예외
는 아니었다. 갱부가 올린 "탄 덩이와 돌을 분간해 내는" 일은
여자들 몫이었던 것, 해서 여자들도 "검은 화장"을 해야 했던
곳이 탄광촌이다. 그래서 이곳은 "다른 데보다 검은 밤이 더
길었"으며 "도처가 검은색으로 발광"했다고 한다. 검은색의
발광. 어떻게 검은색이 빛을 발했을까? 그것은 이곳 탄광에서

는 검은색이 갱부들의 어떤 희망을 담고 있는 색이었기 때문일 테다. 갱부들의 희망은 거창하지 않았을 것이다. 가족을 잘입히고 먹이리라는 희망. "아스라한 은하의 별들이 매달려 있었"던 "갱부의 헬멧"은 이 '희망-빛'을 상징한다. 그 빛은 겨우 "눈앞의 어둠을 밝히는 데도 급급했"지만, "무거운 지하의 힘"을 이겨 내며 삶을 헤쳐 나갈 수 있었던 것은 그 빛 덕분이었을 것이다. 그리고 그 빛이 검은색을 발광하게 했으며, 이 갱부들의 삶을 별처럼 반짝이게 해 주었던 것일 테다. 지금 탄광은 사라졌어도, "방진 마스크를 쓴 아버지들"이 '지금도' 시인의 마음속에서 별무리가 되어 하늘에 떠 있을 수 있는 것도 그 '검은 빛'의 강렬함을 어린 시절 접할 수 있었기 때문이리라.

이제 탄광은 사라지고 검은 아버지들은 사라졌다. 그들 역시 실업의 늪에 빠지거나 폐지를 줍는 노인이 되어 쓸쓸하고 가난한 노년을 보냈을 것이다. 그러나 이봄희 시인의 마음속에는 '검은 아버지들'이 별무리가 되어 존재한다. 아버지 세대의 삶은 그의 마음속에 살아 빛나고 있다. 시인이 사회의 파도로부터 밀려난 사람들에 깊은 관심을 가지는 것은 그들로부터 그의 마음에 빛나는 '아버지들'이 떠오르기 때문이다. 그러니 그들에게 시적 시선을 밀착했던 것이다. 아버지 세대나 어렵게 살고 있는 현재의 노동자들의 삶에서는 모두 어떤 검은 빛이 빛난다. 그래서 그 빛을 통해 과거와 현재는 이어질 수 있다. 시인의 '엄마'에 대한 기억을 담은 「노루발」이란 시도 엄마의 삶이 발하는 빛에 이끌려 써진 시겠다. "어깨를 숙이는 일로 생업으로 삼"아야 했기에 "늘 뒷모습으로 기억되는" '엄마'. "온순해서 풀만 씹으며 느슨한 노루발 같던" '엄마'는 "무심히 풀어놓은 허름한 나날들을 또 달리 화사한 무늬로 지어 놓곤 했다"고 한다. 시인에게 '엄마'는 '허름한' 일상을 화사한 무늬로 빛내 주었던 존재였던 것. 윗세대의 삶을 기억하고 그 빛을 찾아내어 그 세대와 아랫세대 사이에 다리를 놓는 이러한 시적 작업은 아래의 시에서 더욱 빛난다.

옛날로 돌아가신 나의 할머니는
꼭 사람들 이름을 부를 때
받침 하나씩을 떼거나 더 붙이곤 했다

새로운 이름이나 갸우뚱한 것들 사이엔
더듬더듬 말투를 끼워 넣었는데
그건 다 입이 헐거워졌기 때문이라고 했다

또 할머니의 입에서는

오래된 능청과 올밋졸밋한 옛날들이
사람과 짐승을 왔다 갔다 했다

때로는 딱딱한 알들을 입속에 넣고
한동안 우물거리다 보면
아무리 견고한 것들도
흐물흐물 헐거워지곤 했다

그러다 또 우연히 들여다본
할머니의 헐렁한 입 안
흥건히 고이던 침은 말라 있고
동화를 빚어내던 혀 밑엔
들쭉날쭉 징검돌이 여럿 놓여 있다

헐렁한 방점들로 풍성했던 날들
한때는 심연의 뿌리로 박힌 사랑니가
옆으로 머리를 누인 채
오래전 탈각된 이의 옆자리를
욱신욱신 지키고 있었던 것이다

나에겐 파랑새 부리 같았다

엉성한 구연에도

한 시절 푸르게 날아다녔으므로

비틀리고 촌스러운 말들로 가득했던

할머니의 텅 빈 입

나도 그 입속으로 들어가 팔베개하고

받침 하나씩 빠뜨리며

하룻밤 놀다 오고 싶기도 하다

— 「헐거운 입」 전문

위의 시는 뛰어난 작품으로 여겨지기에, 좀 길지만 다시 읽어 보자는 취지로 전문 인용했다. 시인은 옛이야기로 자신을 매료시켰던 할머니의 입속을 기억한다. 할머니의 "엉성한 구연에도/ 한 시절 푸르게 날아다"닐 수 있었던 시절에 대한 기억. 할머니의 입속은 "비틀리고 촌스러운 말들로 가득했"었다. 하나 지금은 이빨 자라기 전의 아기 때처럼 "옛날로 돌아가신 나의 할머니는" 입이 헐렁해져 버렸고, 그래서 사람들 이름 부를 때 받침도 제대로 발음하지 못하게 되었다. 할머니의 입속에 "흥건히 고이던 침은 말라" 버렸고, "동화를 빚어내던 혀 밑엔/ 들쭉날쭉 징검돌"만이 "여럿 놓여 있"을 뿐이다. 하지만 헐렁한 입속은 여전히 강력한 힘을 가지고 있다. 아무리 딱딱한 것들도 "한동안 우물거리다 보면" "흐물흐물 헐거워지"게 만드니 말이다. 그 힘은 "오래전 탈각된 이의 옆자리를" "한때는 심연의 뿌리로 박힌 사랑니가" 지키고 있었기에 보존될 수 있었다. 할머니의 입속엔 사랑의 힘이 여전히 남아 있어서, "아무리 견고한 것들도/ 흐물흐물" 녹일 수 있는 것. 하여, 폐허처럼 이빨들이 무너져 내린 할머니의 헐렁한 입속은 여전히 시인을 정겨움이 살아 있던 옛 시절로 돌아가게 해준다. 단단해야만 하는 성인의 삶은 할머니의 입속에선 흐물흐물 녹아 버릴 테니 말이다. 그래서 시인은 그 속으로 "들어가 팔베개하고" "하룻밤 놀다 오고 싶"어한다. 그리고 이로써 시인과 할머니는 사랑의 기억을 통해 서로 맺어지고, 윗세대와 후세대의 삶 사이에 어떤 역사가 형성되는 것이다.

3

위에서 읽은 「헐거운 입」을 보면, 이봄희 시인이 대상에 대한 면밀하면서도 참신한 이미지 묘사에 능하다는 것을 다시 확인하게 된다. 탈각된 이의 옆자리를 사랑니가 "옆으로 머리를 누인 채" 지키고 있다는 참신한 묘사를 보라. 그의 묘사력이 돋보이는 또 다른 시로 「흘수선」이 있다. 사전에 따르면 '흘수선'은 선박이 수면 위로 드러나는 선이다. 정박한 배의 흘수선을 따라 파도가 찰랑거린다. 그 모습을 이 시는 "말뚝에 매어 놓은 소처럼/ 찰박찰박 되새김질한다"고 절묘하게 묘사한다. 게다가 시인은 이 흘수선의 시각적 이미지를 "옛날 사람들이" 달았던, "소의 목에서 딸랑대던 방울"로, 나아가 "물의 악보를 가장 잘 이해하는 너울성 타악기"로 청각적 이미지로 전환한다. 바닷물이 흘수선에 부딪치며 내는 소리를 두고 상상한 이미지일 것이다. 시인은 이 '악기'가 내는 "한가한 박자엔 눈발 성근 포구의 오후"나 "뱃사람들의 따뜻한 잠이 들어 있"어서, "목선엔 쉬지 않는 박자가 샘물처럼 들어 있다"고 말한다. 이러한 진술은, 모든 사물에는 어떤 삶의 박자(시간)와 그 사물이 놓인 장소의 풍경(공간)이 스며들어 있다는 인식을 전제로 한다. 이 시의 목선이 그러한데, 그 스며듦을 이끄는 주체는 흘수선이다. 이 흘수선이 세계의 리듬을 몸으로 받아들이는 통로인 것, 그리고 흘수선은 그 리듬을 타악기 연주로 전화하여 표현하기도 하는 것이다. 즉 흘수선은 시와 같은 것이라 하겠다.

　「흘수선」에서 볼 수 있듯이, 이봄희 시인에게 사물은 세계의 공간적·시간적 리듬의 이미지를 흡수하는 능력을 갖고 있다. 이에 「흡수선」은, 세계의 무료하면서도 평화로운 리듬의 음표들이 흡수선을 따라 팔딱거리는 사물-목선-의 이미지를 보여 주었다. 하지만 이봄희 시에는 평화로움이 아니라 살육과 폭력의 이미지로 젖어 있는 사물도 있다. '오디'가 그러한 사물이다.

오월이나 유월을 흔들면 후드득 보랏빛 총성이 쏟아집니다 오디를 주워 먹다 보면 입술과 손끝은 피멍 든 것처럼 보였습니다 그런 날 어매는 놀래라, 가슴을 쓸어내립니다 오월이 물든 손은 씻어도 씻기지 않고 손에선 귀신이 엉엉 울었다고 했습니다 거뭇한 입술과 입성의 오월 그늘에서 뒹군 몸은 온통 오디 물이 든 마냥 붉었다고 했습니다

농익은 오디가 수북이 떨어진 바닥을 바라보며 어매는 지금도 으째쓰까, 으째쓰까 허둥대기도 합니다 그때 철없는 누이는 오디를 따서 입 안 가득 우물거렸고 덤불을 헤매던 오빠는 군데군데 살가죽이 찢어졌다고 했습니다 뽕나무를 흔든 자들과 그 열매를 주워 먹은 사람들, 오디는 온몸이 핏물이어서 혁명인 것입니다 망월亡鉞과 망월望月로 뒤엉킨 폭력의 숲을 빠져나왔으나 뒹굴어 보지도 못하고 누워 버린 오빠의 일기장엔 거뭇한 코밑이 줄

쳐 있었고 사투리를 뗀 어린 서정이 지금껏 멈춰 있습니다

오월을 수습했다는 어매 손엔 지금도
어린 귀신들이 흐느낀다고 합니다

오디를 만진 손으로 유월까지 앓고 나면 다 알게 된답니다
우리 마을 사람들 손엔 저마다의 귀신이 묻어 있다는 것을요
— 「오디」 전문

오월과 유월은 한국 역사에서 핏빛으로 물든 달이다. '오월 광주민주항쟁'이나 '한국전쟁'이 일어난 달인 것이다. 시에 따르면, 오월의 뽕나무를 흔들면 1980년 광주에서 군인들이 쏜 총성이 들리고, 나무에서 떨어진 오디는 피에 물들어 있다. 오월에 살해당한 사람들의 피다. 오디 물에 물든다는 것은 오월의 피에 물든다는 것, 오디에 "물든 손은 씻어도 씻기지 않"는다. 도리어 살해당해 한 맺힌 귀신들이 달라붙고는 흐느낀다. "오월을 수습했다는 어매 손"에서 흐느끼는 귀신처럼.

뽕나무를 흔들어 오디 열매를 떨어뜨린 사람들이 있다. 아마 학살자들일 것이다. 그리고 "열매를 주워 먹은 사람들"이 있다. 오월의 '덤불숲'에서 "살가죽이 찢어"져 쓰러진 오빠. 이

오빠의 피가 물든 오디를 "철없는 누이는" "가득 우물거렸"듯이. 이들은 학살로 인해 죽은 자들과 멋모르고 만난 이들이다. 이내 이들의 "입술과 손끝은 피멍 든 것처럼 보"인다. 한 많은 피의 전염이다. 그래서 시인은 "오디는 온몸이 핏물이어서 혁명인 것입니다"라고 쓴 것일 테다. 혁명은 전염되는 피 자체다. 희생자들의 피 자체인 오디는 오디를 먹은 이들을 피멍 들듯이 아프게 하고, 피의 역사로 이끈다. 살아남은 자들에게 아프게 스며든 피는, 그들의 삶을 혁명적으로 변화시킨다. "가끔은 현몽하는 망자들이 우산을 접으면서 "마루 끝에 걸터앉는"(「우산 밑도 젖을 때가 있다」) 모습을 보기도 하는 귀신들과 함께 사는 삶, 그 귀신들의 말을 듣고 한을 풀어 주려는 삶으로 변화시키는 것이다.

이 글 앞에서 보았던 '묵'처럼 오디의 섭취는 죽은 이들을 되살리는 일과 같다. 섭취를 통해 오디를 먹은 자의 삶 속에 용해되는 죽은 이들은 먹은 자의 피가 된다. 먹은 자의 몸속에 있는 타인의 피는, 이봄희 시인이 「감자의 형식」에서 말한 '감자'처럼 자신을 증식할 것이다. 즉, 땅속에 있는 감자의 눈이 땅을 뚫고 나와 꽃이 되듯이 그 피는 날카롭게 꽃으로 피어날 것이며, 이와 함께 땅속의 감자가 "눈에 흙이 들어가도/ 줄기차게 종족을 번식하"듯이 그 피 역시 먹은 자의 몸속에서 번식해 나갈 것이다. 혁명의 불길이란 이러한 감자의 형식을 갖는 것일지 모른다. 그래서일까? 이봄희 시인은 「꼭지는 중심이 아니다」에서 "매달린 것은 중심이 아니었다"라고 말한다. "꼭지를 달아맨 건 관다발의 뒷심"이며, 그래서 눈에 드러나 보이는 열매가 중심이 아니라 나무 속을 흐르는 어떤 힘이 중심이라는 것이다. 이 힘이 감자의 "눈이 뿔이 되"도록, 그리고 그 "뿔은 다시 꽃이"(「감자의 형식」) 되도록 이끌었을 것이다. 관 속을 흐르는 힘이 중심이다. 달리 말해 오디를 통해 사람들의 몸속으로 흐르는 피가 중심이다. 그리고 이러한 삶들의 흐름이 '해류'와 같은 역사를 만들 것이다.

해류는 인류 최초의 노선이자
돛과 선미들의 항로다
물비늘의 표면으로 새 지도를 그리는
무동력 선박이다
이 물길 따라 수십 년째
밤낮으로 떠다니는 상선도 있다
선장도 선원도 없는 집단 유령선
바람이 물을 밀어 가는
끝없는 표류다
뿌리 약한 무인도 하나 둥둥 띄우고

수만 년 전 유빙을 몰고 다닌다

정해 놓은 섬을 차례로 들러

자그락자그락 몽돌을 밟고

갯벌에 심어 놓은 반달을 키운다

정어리 떼와 고래의 항진과

젊은 날 침몰한 가장들을 태우고

동지나해 거쳐 남중국해까지

헤아릴 수 없는 승객들의 풍력선

범선들은 뫼비우스 띠 같은

그 길을 잘 안다

시시때때 구불거리는 날들을

후루룩 삼켰다 뱉는

지하철이나 마을버스 노선 같은 거리

해류의 설계에 따라 순환한다

굵디굵은 포말을 앞세워

해변을 채 써는 짧은 순간들

평평한 뻘에 선 채

잠깐씩 휴식을 취하기도 한다

누구도 바람 속을 뒤집거나

은밀히 들춰내지 않으므로

배 뒤쪽에 달린 스크루와

찢어진 돛을 비웃으며

오랫동안 유유히 항해를 한다

— 「풍력선」 전문

　위의 시에 따르면, "인류 최초의 노선"인 해류는 "선장도 선원도 없는 집단 유령선"이자 "물비늘의 표면으로 새 지도를 그리"며 "바람이 물을 밀어 가는/ 끝없는 표류기다". 그런데 시인은 해류를 "젊은 날 침몰한 기장들을 태"운 "헤아릴 수 없는 승객들의 풍력선"이라고 하여, 이 해류가 지금은 죽은 수많은 선대 사람들의 삶의 궤적, 즉 역사임을 암시해 주고 있다. 사람들의 숱한 삶과 그 죽음이 해류를 만들고 해류는 그들의 힘—바람으로 현상하는—으로 나아가는 유령선이 되어 새로운 삶의 지대—지도—를 형성해 나간다. 다시 말해 해류는 지구의 수많은 사람들이 삶을 살아가면서 이루어 내는 어떤 흐름, 인류의 항해다. 그리고 항해의 동력—풍력—은 그들이 갖고 있던 집단적 희망일 것이다.

　그런데 역사를 만들지 못하는 다른 생명체들은 어떠할까? 모든 생명체들 역시 지구의 시공간에 삶의 흐름을 만들고 있지 아니한가? 「쇠똥구리 지구론」에 따르면, "쇠똥 경단을 굴리며" "지구를 배워 실천 중"인 '쇠똥구리'도 지구의 시공간을 새로이 열어 가는 지구의 엄연한 일원이다. 앞날을 두려워하지 않고 쇠똥 경단을 굴리며 가는 쇠똥구리. 그 벌레는 장기(長技)라고는 노동밖에 없고, 그 노동이 유일한 재산이 되는 "치열한 노역의 순례"자다. 그런데 쇠똥구리의 노역이자 순례란 자신의 애정이 담긴 '지구집'을 밀고 다니는 것(그래서 쇠똥구리에게는 노동과 재산이 등치된다)이다. 사실 노동이란 '집'으로 상징될 수 있는 삶의 영위를 위해 지난하게 행해지는 것 아닌가. 가장의 노동은 가족이 거주할 집을 마련하고 그 집을 운영해 나가기 위한 것이니 말이다. 그렇기에 저 쇠똥구리에서 '검은 아버지들'을 떠올리는 것은 자연스럽다. 나아가 시인은 쇠똥구리는 노역(순례)을 하느라 "자신의 몸속에 날개가 있다는 사실을 잊고 있었다"고 한다. 이 삶이 안착할 수 있는 "미래를 이주시키는 여정이 끝나"면, 그제야 쇠똥구리는 "종(種)의 새로운 행성을 찾아" 날개를 활짝 펴고 날아오르리라고 시인은 상상한다. 탄광촌의 '검은 아버지들'도 그렇게 해서 하늘의 별이 되었을 테다.

4

사람들의 삶과 희망이 해류를, 역사를 만든다. 그러므로 일상의 나날 역시 역사의 흐름을 만드는 중이다. 하여, "빨래가 걸려 있"는 평범한 골목에도 역사의 "증기기관차가 달리고 있"(「증기기관차가 있는 골목」)다. "주인은 간이역처럼 늙었지만" 기관차는 "구겨진 악천후를 뚫고" "치이익 칙, 힘차게 달린다"(같은 시). 왜 재빠른 최신 전동 기차가 아니라 증기기관차가 등장하는가. 이봄희 시인이 새로움의 연쇄가 역사를 형성하는 것이 아니라 과거와의 연속이 역사를 밀고 나간다고 생각하기 때문일 것이다. "간이역처럼 늙"은 사람이 기관차의 주인인 것을 보면 말이다. 위에서도 보았듯이 이봄희 시인이 시적 시선을 던지는 대상은 사회에서 밀려난 사람들, 윗세대의 사람들이었다. 시인은 그들 "얼룩진 꽃"과 같은 이들이 "무더기로 피어나"면서 증기기관차를, 역사를 채워 나갔음을 「증기기관차가 있는 골목」에서 말하고 싶었던 것일 테다. "한때 스크럼을 짰던 어깨들이 여전히 윙윙거리며 고함을 질러 대"는 '함성'이 귀에 여전히 "삼십 년도 훌쩍 넘게"(「함성」) 살고 있는 '천수만 씨'와 같은 이들. 이에 시인이 아래의 시에서 보듯이 "다시는 오지 않는 날들을 기다"리고 있는 것은 과거에 내장되어 있는 역사의 '풍력'—함성과 같은—을 현재에 소환하고 싶어서 아닐까.

하늘도 세 평, 땅도 세 평이라던가

방금 떨어진 참나무 잎새에 비워진 것까지 친다면

이제 하늘은 월동의 덤을 얻은 셈이리라

영동선의 까마득한 날들이

봉화 쪽에서 속도를 천천히 줄이는 소릴 들으며

나는 사과궤짝 같은 역사의 한편에서

다시는 오지 않는 날들을 기다릴 것이다

그동안 오지의 적막들이 여기를 통과했단 말인가

벽면을 긁던 희미한 기다림의 낙서 몇 읽어 내다가

4시 40분이라고 쓰인 외마디에

한순간 소스라친 건

나의 성장기가 나를 기다렸기 때문일까

사과향이 선로 위에서 빛나던 시절

누군가의 뜨거운 맥박이 고단한 삶 속으로 다가올 때면

세상의 밋밋한 맛들이 과즙처럼 흘러내리곤 했다

이 세상을 사는 동안 소심해졌다면

보무도 반듯이 승부역에 와 보라

이곳엔 기적 없이 넘나드는 푸른 심장의 박동들이

종이딱지처럼 옹색한 날들조차

미장의 잣대로 여유롭게 측량하며 머물다 가곤 한다

와서 하늘과 땅,

이 비좁은 세 평의 면적을

수만 제곱으로 기꺼이 확장하는 단맛의 비결까지

면밀히 더듬어 살펴볼 일이다

— 「사과향이 선로 위에서 빛나던 때-승부역에서」 전문

'증기기관차'는 낡아 보인다. 버려진 사과궤짝처럼. 이 사과궤짝은, 역무원이 상주하지 않은 무인역인 '승부역'의 역사(驛舍)처럼 지금은 비어 있다. 사과궤짝에는 향기로운 사과가 들어 있었다. 한때 사람들로 붐비던 승부역이 그랬듯이. 그래서 이 승부역 역사에도 사과향이 남아 있는 것이다. 그 향은 "사과향이 선로 위에서 빛나던 시절"을, "나의 성장기"이자 역사(歷史)가 검은 빛으로 빛나던 시절을 떠올리게 이끈다. 그래서 "이 세상을 사는 동안 마음이 소심해졌다면" 이 "승부역에 와 보라"고 시인은 권하는 것일 테다. 「롤러코스터」에 따르면, "중도하차를 절대 용납하지 않"고 "구심력으로 밀고 원심력으로 배신당하는/ 이 아찔한 일생의 놀이"를 살아야 하는 것이 "비명들이 즐비"한 현재의 세상이다. 이에 반해 '적막

들'에 둘러싸인 승부역은 역사의 향기를 아직 간직하고 있다. 적막한 그곳은 역사의 기관차가 "속도를 천천히 줄이는 소릴 들"을 수 있는 곳이어서 "푸른 심장의 박동들이" 되살아나는 곳이다. 하여 그곳은 그 '박동'으로 "종이딱지처럼 옹색한 날들조차" "여유롭게 측량하며 머물다" 갈 수 있는 장소인 것이다. "이 비좁은 세 평의 면적을/ 수만 제곱으로 기꺼이 확장하는 단맛"을 내는 장소.

나아가 승부역은 공간뿐만이 아니라 시간의 확장도 이루어지는 곳일 터, 이곳에서 이봄희 시인은 "다시는 오지 않는 날들"을, '나의 성장기'이자 역사의 선로 위에서 빛났던 과거의 시간들이 다시 오기를 기다리고 있다. 그 회귀는 불가능하겠지만, 그 불가능에 대한 기다림이 '단맛' 나는 시를 쓰게 해줄 수 있기에. 게다가 이봄희 시인이 표제작 「이렇게 나오겠다 이거지,」에서 말하듯이, "보도블록 틈에서, 나뭇가지 끝에서" "따뜻한 햇살 하나 믿고" "꿋꿋한 혈기와 두둑한 배짱"으로 "대책 없이 밀고 나오는 봄의 앞잡이들"이 보이는 것 아닌가. "감언이설로 구구절절 허투루 야멸찬 앞날을 논하겠다"는 "봄날의 현란한 시비"가. "어이없이 멍하니 감탄만" 하게 되는, 불가능할 것 같은 일들이 일어나는 초봄 풍경이.